AF284707

Danielas Versprechen

Von André Hornmeyr

Buchbeschreibung:

Daniela Huthman hat alles, was man sich nur wünschen kann. Ein gemütliches Zuhause, einen liebevollen Ehemann, eine sechsjährige Tochter, die sie über alles liebt - und keiner ahnt etwas von ihrer dunklen Vergangenheit.

Als sie eines Tages bei ihrem Frauenarzt aufgehalten wird, bittet sie ihre verlässliche Nachbarin Ellen Liebenacher darum, ihre Tochter Emma von der Schule abzuholen.

In dem Moment, als Ellen losgehen will, wird auch sie von einem Telefonat aufgehalten. Unter Stress eilt sie zur Schule, an der sie Emma nicht mehr vorfindet. Sie geht sorgenvoll nach Hause und weiß nicht, wie sie es Daniela sagen soll. Wo ist Emma? Hatte sie Ärger und hat sich nur versteckt?

Daniela ist außer sich, als sie von ihrer Nachbarin erfährt, dass sie Emma nicht angetroffen hatte. Wutentbrannt stürmt Daniela nach Hause.

Einen Abend später erhält sie einen mysteriösen Anruf, in dem ihr mitgeteilt wird, dass ihre Tochter entführt worden sei. Der Anrufer teilt ihr einen Treffpunkt mit, den sie gut aus ihrer Vergangenheit kennt. Ohne zu überlegen, geht sie darauf ein.

Am Treffpunkt trifft sie auf ihren ehemaligen Zuhälter Darius, der sie daran erinnert, ihr Versprechen, dass sie ihm vor 25 Jahren gab binnen 72 Stunden einzulösen. Sonst wird ihre Tochter sterben.

Für Daniela beginnt ein Wettlauf gegen die Zeit...

Über den Autor:

André Hornmeyr wurde 1975 als jüngstes von drei Kindern eines Sozialversicherungsangestellten und einer Bäckereiverkäuferin in der Nähe von Hannover geboren.

Schon als Kind hatte er eine blühende Fantasie und hat sich gerne eigene Welten erschaffen.

Er absolvierte eine Ausbildung zum Kaufmann im Einzelhandel und arbeitete 13 Jahre als Fleischereiverkäufer.

Zum Schreiben kam er während eines Burn-Out. In dieser Zeit schrieb er einen Fantasyroman, der nie veröffentlicht wurde. Denn durch einen Unglücksfall wurde sein Laptop mitsamt der Festplatte zerstört.

Mit seinem Debütroman "Im Visier des Wahnsinnigen" erfüllte er sich als Selfpublisher einen langgehegten Traum und wagte den Schritt in den Buchmarkt.

Seit 2015 lebt er in Oranienburg.

Danielas Versprechen

Von André Hornmeyr

c/o Lars Krienke
Walther-Bothe-Str. 55i
16515 Oranienburg

Coverbild: canva.com

Korrektor: Kai Wiechmann

info@andre-honrmeyr.de

andre-hornmeyr.de

1.. Auflage, Februar 2021

© Alle Rechte vorbehalten.

c/o Lars Krienke

Walther-Bothe-Str. 55i

16515 Oranienburg

Herstellung und Verlag:

BoD - Books on Demand,

Norderstedt

ISBN: 978-3-7526-7444-6

Coverbild: canva.com

Korrektor: Kai Wiechmann

info@andre-honrmeyr.de

andre-hornmeyr.de

Für Dennis

1. Kapitel

Die Sonne brannte. Der Wetterbericht hatte für diesen Donnerstag Regen und Gewitter vorhergesagt, doch der Himmel strahlte; keine Wolke war zu sehen. Die Hitze flimmerte über dem Asphalt. Die Sonne hatte freie Bahn und das nutzte sie schamlos aus. Daniela lief der Schweiß über ihr schmales Gesicht. „Was für eine Affenhitze", stöhnte sie. Die Zunge klebte ihr am Gaumen. Sie blieb kurz stehen und leerte die kleine Wasserflasche in einem Zug. „Warte, Emma", rief sie ihrer Tochter hinterher. „Bleib hier." Sie gab die leere Flasche einem Obdachlosen, der sich an ihr vorbei drängte. Er bedankte sich lächelnd und reichte ihr die Hand. „Ich danke ihnen", sagte er mit einer tiefen Stimme und humpelte davon. „Ich wünsche ihnen alles

Gute", rief Daniela ihm hinterher. „Komm schon Mama", rief Emma ungeduldig. „Wir wollten doch Schuhe für mich kaufen." Emma rannte vorweg. Daniela seufzte. „Warte bitte", rief sie. Ihre Tochter war beinahe nicht mehr zu sehen. „Wie wäre es mit einem Eis?", fragte Daniela ihre Tochter. Sie blickten sich um. Emma schüttelte den Kopf. „Später vielleicht. Schau mal, wie voll die sind." Daniela seufzte tief und fasste nach der Hand ihres Kindes. Sie hatte Angst, dass sie sonst in der Menge nicht mehr zu finden war.

Viele Eltern drängten sich mit ihren quengelnden Kindern durch die Fußgängerzone. Zum Glück war Emma in dieser Sache pflegeleicht. Sie liebte das Einkaufen genauso sehr wie sie. Dafür war sie sehr dankbar. Von wem sie es wohl geerbt hat? Von mir hat sie es nicht. Sie lachte.

Wie schnell doch die Zeit vergeht. Als wäre ihr Kind gestern erst geboren worden, wird sie nun diesen Samstag eingeschult.

„Du wirst deinen Weg gehen", flüsterte sie. Warum ist Loslassen nur so schwer? Sie seufzte tief.

Daniela hoffte, dass ihr Kind einen anderen Weg einschlägt, wie sie damals. Sie musste schnell erwachsen werden und sich um ihre heroinabhängige Mutter kümmern. Das war nie leicht. Wenn sie auf Entzug war, lag sie vor Schmerzen gekrümmt im Bett und schrie sie an. Damals wollte Daniela abhauen. Lieber hätte sie auf der Straße gelebt, als sich von ihrer Mutter ständig beleidigen zu lassen. Bis sie ihren Job angetreten hatte und sich ihre eigene Wohnung leisten konnte. Den Kontakt zu ihrer Mutter hatte sie abgebrochen. Selbst auf ihrer Beerdigung war sie nicht. Sie hätte sich gerne noch mit ihrer Mutter ausgesprochen. Dafür hatte sie leider keine Gelegenheit. Ihre Mutter wurde in ihrer Wohnung tot aufgefunden. Die Nadel noch im Arm. Sie erinnerte sich mit Schrecken an den Anruf. Als ihr ein fremder Mensch am anderen Ende mitteilte, dass ihre Mutter gestorben sei. Ihren Vater hatte sie nie gekannt. Es wurde auch nie darüber gesprochen. Nein, Emma soll es besser haben. Sie würde alles für ihr einziges Kind tun. Wenn es sein müsste, würde sie ihr Herz spenden. Das hatte sie sich geschworen, als sie schwanger war. Sie liebte Emma über alles. Wenn ihr jemand ein Haar krümmen würde ... Daniela schüttelte den Kopf. Dann gnade ihm Gott! Sie sah ihre Tochter an. Emma hob den Kopf und lächelte ihre Mutter an. Daniela warf ihr einen Kuss zu und Emma erwiderte es. „Ich hab dich lieb", flüsterte sie und streichelte das Gesicht ihrer Tochter. „Ich dich auch, Mama." Sie drückten sich fest. „Mama wird immer für dich da sein." Eine Träne lief ihr übers Gesicht. „Mama." Emma sah sich um. „Jetzt reiß dich zusammen. Das ist ja peinlich." Daniela lachte und wischte sich die Träne weg. „Entschuldige Kleines. Kommt nicht wieder vor." Sie erhob sich. „Komm", forderte sie Emma auf. „Weiter gehts." Emma lief vorweg. Daniela ließ sie nicht aus den Augen. Wie ein Adler, der seine Beute verfolgt, lief Daniela ihrer Tochter nach. „Warte", rief sie genervt. „Nicht so schnell." Sie verdrehte die Augen. „Wir fahren wieder nach Hause, wenn du nicht hörst." Sie schnaufte vor Wut. „Verdammt noch mal. Hörst du nicht?" Sie blieb stehen. „Emma!" Ihre Tochter drehte sich um. „Was ist?", rief sie. „Komm schon."

Daniela keuchte und schluckte. Die Hitze machte ihr zu schaffen. Daniela blieb kurz stehen und stellte die Tüten auf dem Boden ab. Sie wedelte sich Luft zu und nahm sie wieder in die Hand. Emma sah sie fragend an.

Der Schweiß lief Daniela am Körper herunter. Das rote Top klebte mit jeder Faser an ihrer tätowierten Haut. Ihre Tochter zog fest an Danielas Hand, dass sie beinahe das Gleichgewicht verlor. Sie stolperte und die Tüten flogen zur Seite. Daniela stieß einen Fluch aus. Eine junge Mutter vor ihr, erschrak so sehr, dass sie ihrem Sohn die Ohren zuhielt. Ein netter, älterer Herr half ihr beim Aufsammeln und Daniela bedankte sich mit einem Lächeln. Emma lief vorweg und sie hatte Mühe, ihre Tochter in der Menge ausfindig zu machen. Nachdem sie sie eingeholt hatte, zog sie sie zur Seite und schaute sie empört an. Das sie sich losreißt und wegrennt, das konnte sie nicht für gut heißen. Ermahnend hob sie den Zeigefinger. Emma sah sie unschuldig an und lachte keck. Daniela nahm sie in den Arm und drückte sie fest an sich. Sanft streichelte sie ihr über das rotblonde Haar und schaute ihr in die grau-blauen Augen. Es fiel ihr schwer, lange böse auf ihre Tochter Emma zu sein. Sie lächelte ihre Tochter an und gab ihr einen Kuss auf die Wange. „Nicht so schnell, Emma", ermahnte sie ihre Tochter. „Das geht nicht, dass du einfach losrennst, verstehst du?" Sie sah sie an.

Emma zog an der Hand ihrer Mutter. Aufgeregt zeigte sie auf ein Schaufenster eines Schuhladens. Daniela seufzte und folgte ihrer Tochter. Die Kleine stand wie hypnotisiert vor dem Ladenfenster und starrte auf rote Riemchenschuhe. Sie drückte ihre Nase fest an die Scheibe. Sie sah ihre Mutter an und tippte aufgeregt an das Glas. Sie lächelte breit, so dass ihre Zahnlücke zum Vorschein kam. „Möchtest du die mal anprobieren?", fragte Daniela mit sanfter Stimme und hockte sich neben Emma. „Die würden auch gut zu deinem Kleidchen passen." Sie erhob sich und schüttelte ihre Beine aus. Emma sah sie mit großen Knopfaugen an und antwortete leise: „Ja. Die möchte ich haben, Mama." Sie klatschte aufgeregt in die Hände. „Lass uns reingehen", forderte sie ihre Mutter auf und lief ins Geschäft. „Und hinterher ein leckeres Eis?", fragte Daniela und grinste ihre Tochter an. „Ich gebe dir eines aus." Sie lachte. Ihre Tochter nickte eifrig mit dem Kopf. Strähnen flogen ihr ins Gesicht, die sie lachend zurückstrich. „Das ist eine tolle Idee, Mama." Sie griff nach Danielas Hand. „Und jetzt komm endlich. Ich will die Schuhe anprobieren." Daniela trottete ihr hinterher. „Ich kann nicht mehr", stöhnte sie. „Nur noch die Schuhe und dann fahren wir nach

Hause", sagte Emma beschwichtigend. Sie zog ihre Mutter hinter ihr her. „Komm schon", drängte sie. „Hast es gleich geschafft." Daniela keuchte. „Na gut." Sie wischte sich den Schweiß von der Stirn.

Als sie das Geschäft betraten, schlug ihnen eine angenehme Kühle entgegen. Emma lief sofort an das Regal mit den Riemchenschuhen und nahm ein Paar heraus. Sie drehte und wendete sie und fing an, ihre Sandalen auszuziehen. Eine Verkäuferin kam lächelnd auf sie zu und hockte sich vor ihr hin. Emma lächelte sie verschmitzt an. „Die will ich haben. Können sie die mir bitte einpacken?" Sie sah die Angestellte fordernd an. Die Händlerin musste anfangen zu lachen. Daniela kam mit großen Schritten auf die beiden zu. „Emma, was machst du denn da schon wieder? Probier sie doch erstmal an." Sie lächelte. „So viel Zeit haben wir jetzt auch noch." Sie sah die Verkäuferin an. „Entschuldigen sie bitte", sagte sie peinlich berührt. „Manchmal gehen die Pferde mit ihr durch. Ich weiß nicht, von wem sie das hat." Sie schüttelte seufzend den Kopf. Schamesröte stieg ihr ins Gesicht. „Das ist mir peinlich." Sie lächelte verschmitzt. Wo ist das nächste Mauseloch, wo ich mich verkriechen kann? Sie sah auf den Boden. Komm, tu dich auf und verschlinge mich. Sie sah Emma an. „Probier mal an." Sie hockte sich neben ihre Tochter und half ihr beim Anziehen. Emma schlüpfte rein und Daniela verschloss die Riemchen. Die Verkäuferin tastete den vorderen Teil ab. „Ja, da ist noch genug Platz. Lauf mal ein paar Schritte", forderte Daniela sie auf und erhob sich ächzend. Stolz sprang Emma durch den Laden. „Die will ich haben", rief sie aus der hinteren Ecke. Stolz drehte sie sich vor einem großen Spiegel. „Die sind so schön." Sie rannte auf ihre Mutter zu.

Emma sah ihre Mutter verschmitzt an und nickte. Sie zog ihrer Tochter die Schuhe wieder aus und reichte sie der Verkäuferin. „Die sollen es einmal sein?", fragte sie.

„Ja, bitte. Und schön einpacken, wenn ich bitten darf."

„Emma". Daniela sah ihre Tochter barsch an. „Was ist in dich gefahren?" Sie schüttelte den Kopf.

„Ist in Ordnung", antwortete die Verkäuferin mit einem Lächeln. „Bist du schon aufgeregt in die Schule zu kommen?", fragte sie Emma, während sie die Schuhe in die Kasse einscannte. „Ja", erwiderte sie. „Dann lerne ich rechnen und schreiben und lesen. Das wird toll." Ihre Augen glänzten. „Das wird es auch", sagte Daniela und streichelte ihr über den Kopf.

„Das macht dann 299,99", riss die Verkäuferin sie aus den Gedanken und sah sie freundlich an.

„Mit Karte bitte". Daniela reichte ihr die Kreditkarte. Die Verkäuferin rechnete ab und verpackte die Schuhe in eine Tüte. Sie gab Daniela dankend die Karte zurück. „Möchtest du die Tüte tragen?", fragte die Verkäuferin Emma. „Ist aber schwer." Emma grinste. „Ich schaffe das schon." Sie nahm die Tüte entgegen. „Wir können gehen", sagte sie zu Daniela. „Komm." Emma schleppte die Tüte zum Ausgang. Daniela sah ihr nach und schüttelte lachend den Kopf. „Das ist eine Maus", sagte sie.

Als sie auf die Straße traten, schlug ihnen eine Hitze entgegen, als ob man gerade einen Backofen aufmacht. Daniela deutete auf die gegenüberliegende Eisdiele. „Schau mal, da ist noch ein Tisch frei." Gerade als sie den Satz aussprach, setzte sich ein junges Pärchen auf den freien Platz. Sie sah Emma an. „Dann eben nur eine Waffel auf die Hand. Oder lieber einen Becher?" „Waffel", antwortete Emma schnell. Sie leckte sich die Lippen. Die große Tüte hinterher schleifend folgte sie ihrer Mutter auf die andere Straßenseite. „Kannst du mir die Tüte abnehmen? Sie wird langsam schwer." Sie sah Daniela hilfesuchend an. „Oder ich ziehe sie gleich an und meine Sandalen schenken wir einem Obdachlosen. Der freut sich bestimmt." Sie lächelte ihre Mutter an und reichte ihr die Tüte. Daniela nahm sie entgegen und lachte. „Habe ich mir schon gedacht." Sie liefen schnell zur Eisdiele. Mit den Eiswaffeln in der Hand gingen sie zur Hochbahnstation. Jetzt kann die Einschulung losgehen. Daniela lehnte sich entspannt zurück und streckte ihre Beine aus. Sie fühlten sich wie Blei an. Emma schaute aus dem Fenster und schleckte ihr Schokoladeneis. „Das ist lecker", sagte sie. Daniela lächelte sie an. „Das freut mich." Sie schloss die Augen. „Nicht schlafen, Mama. Wir müssen gleich aussteigen." „Ich bin aber so müde." Daniela gähnte. Als die Station angesagt wurde, zog Emma an Daniela. „Komm, Mama. Wir müssen raus. Beeil dich." Sie stiegen aus und machten sich auf den Weg nach Hause. Die Luft war hier am Stadtrand schon wesentlich angenehmer. Die Bäume an der Straße warfen einen kühlenden Schatten. Ob Ellen zu Hause ist?, schoss es Daniela durch den Kopf. Sie werkelt bestimmt im Garten. Sie grinste. Ellen liebte ihren Garten. Und das sah man auch. Ich werde gleich zu ihr rüber gehen, entschloss sie sich. Emma drehte sich um. „Ich komme schon", rief Daniela. „Ich kann nicht mehr so schnell." Emma lachte.

„Ist schon gut. Ich warte", antwortete sie. „Wir müssen Ellen noch einladen." „Ich gehe gleich zu ihr rüber, wenn wir zu Hause sind", keuchte Daniela. Vorausgesetzt, ich lebe noch. Sie schleppte sich die Nebenstraße entlang. Emma rannte auf den Hof und zur Haustür hinauf. Daniela kramte den Schlüssel aus ihrer Tasche und öffnete die Tür. Sie stellte die Tüten im Flur ab. Emma lief hinaus in den Garten und setzte sich auf die Schaukel. „Guck mal, wie hoch ich schaukeln kann", rief sie vergnügt. Daniela setzte sich auf die Veranda und streckte sich. „Endlich ist alles geschafft." Sie sank in den Stuhl. Die Müdigkeit übermannte sie und sie schloss die Augen. Es dauerte nicht lange, bis sie tief und fest schlief.

2. Kapitel

„Mama!" Emma zog aufgeregt an Danielas Arm. „Wach auf! Ellen ist im Garten." Daniela schreckte auf. So schnell wach, war sie noch nie.

Schwerfällig stand sie auf und schlurfte zum Gartenzaun. Das kühle Gras tat unter ihren Füßen gut. Sie blickte auf das Nachbargrundstück und erspähte ihre Nachbarin, die gerade an einem Rosenstrauch werkelte. Ich möchte mit achtzig auch noch so agil sein, schoss es ihr durch den Kopf. Sie alle liebten Ellen sehr. Für Daniela war sie wie eine Mutter und für Emma wie eine liebende Großmutter. Nichts und niemand konnte sie unterkriegen. Sie hielten zusammen, wie eine Familie. „Hallo Ellen", rief sie. Keine Reaktion. „Hallo", rief sie diesmal etwas lauter. Hat sie ihr Hörgerät wieder nicht drin? Wie kann man so eitel sein? Die Dinger sind doch heutzutage so klein, dass man sie kaum sieht. „Hallo!" Ihre Stimme versagte. Zu Emma gewandt sagte sie: „Ich gehe mal kurz rüber." Gerade als sie sich umdrehte, streckte Ellen ihren Kopf hinter dem Strauch hervor. Daniela winkte ihr zu. „Ich möchte dich etwas fragen. Komm mal bitte kurz her." Sie deutete auf ihr Ohr. „Hast du das Gerät nicht drin?"

Ellen wischte sich ihre Hände an der Kittelschürze ab und kam auf sie zu. „Was gibt es denn, Liebes?"

„Ich wollte dich für Samstag einladen. Emma wird eingeschult und wir wollten nach der Feier grillen. Hast du Lust zu kommen?" Sie sah Ellen fragend an. „Wir würden dich dann abholen, wenn wir aus der Schule kommen. Was sagst du?"

„Hallo Ellen", rief Emma und streckte ihr die Arme entgegen. Sie lachte fröhlich. „Wäre schön, wenn du kommen könntest." Sie grinste die Nachbarin an. „Das wäre mein schönstes Geschenk." Sie klatschte aufgeregt in die Hände.

„Hallo Kleines". Ellen schüttelte ihr die Arme. „Ich komme gerne. Danke für die Einladung. Was wünscht du dir denn?", fragte sie Emma.

Sie dachte angestrengt nach. Dann zuckte sie mit den Schultern. „Ich weiß es nicht."

„Mir wird schon was einfallen", sagte Ellen. „Ich würde auch gerne mit in die Schule kommen. Die Einschulung meiner Kinder ist schon so lange her. Wenn du nichts dagegen hast ...". Sie sah Daniela an.

Sie schüttelte den Kopf. „Wo denkst du hin? Emma würde sich freuen, nicht wahr?"

Emma lächelte Ellen an. „Aber natürlich. Komm mit in die Schule. Das wird ein Spaß."

„Um 11 Uhr geht es dort los. Wir holen dich ab. Dann können wir zusammengehen."

„Das ist lieb von euch." Sie schaute auf die Uhr. „Jetzt muss ich langsam rein. Das Abendbrot ruft. Wir sehen uns Samstag." Sie verabschiedete sich und verschwand.

Emma schmiegte sich an ihre Mutter. „Ich freue mich, dass Oma mitkommt."

Ellen war zwar nicht Emmas Oma, aber sie nannte sie so. Sie liebte sie über alles.

„Wollen wir auch Abendbrot essen? Hast du Hunger?" Sie sah ihre Tochter liebevoll an. „Ich kann uns Pommes und Würstchen machen, ja?" Sie hob Emma hoch und drehte sich im Kreis.

„Ja", rief Emma erfreut. „Ich schaukel noch ein bisschen. Rufst du mich, wenn das Abendbrot fertig ist?"

„Mache ich", antwortete Daniela und ging in die Küche.

Emma setzte sich auf die Schaukel und begann fröhlich hin und her zu schwingen.

3. Kapitel

Norman Huthman saß in seinem ledernen Drehstuhl und blickte auf den Hafen. Das war der beste Tag, seitdem er die Firma vor ein paar Jahren gegründet hatte. Er dachte über das Meeting nach. Der Auftrag kam zur rechten Zeit. Damit ist der Betrieb gerettet. Er lächelte in sich hinein. Er drehte sich zu seinem Schreibtisch um und nahm den Hörer ab. Er wählte eine Nummer.

Gerade als Norman wieder auflegen wollte, meldete sich eine keuchende Stimme. „Huthman." Er hörte, wie es im Hintergrund klapperte. Was macht sie? Warum klingt sie so gestresst? Norman grinste. Seine Frau ist nur am Wirbeln. Sich mal auszuruhen, kennt sie nicht. Erst die Familie, dann ich, war ihr Leitspruch.

Norman liebte sie über alles. Sie hielt ihm immer den Rücken frei und stand auch in schlechten Zeiten zu ihm.

„Hier auch. Hallo Schatz. Ich wollte dir sagen, dass ich heute früher Feierabend mache. Ich komme dann gleich nach Hause."

„Das ist schön, Schatz. Ich mache gerade Abendessen. Es gibt Pommes und Würstchen. Dann schmeiße ich gleich noch ein paar Würstchen mehr rein. Oder möchtest du was anderes?"

„Das hört sich doch gut an", sagte er. „Ich mache mich dann jetzt auf den Weg. Ich liebe dich!" Er legte auf. Langsam stand er aus dem Stuhl auf und streckte sich. Er stellte die Aktentasche auf den schwarzen Schreibtisch und packte ein paar Dokumente ein. Als er die Glastür zu dem Großraumbüro öffnete, drangen ihm Tippgeräusche und Stimmengewirr an sein Ohr. Mit stolzgeschwellter Brust sagte er: „Darf ich mal um eure Aufmerksamkeit bitten?"

Die Mitarbeiter hoben den Blick und

sahen ihn gespannt an. Sie hatten keine Ahnung, wie das Meeting heute ausgegangen war. Es wurde zwar spekuliert, aber keiner wagte ihn zu fragen. Norman lächelte zufrieden in die Runde und stellte die Aktentasche auf den Boden. Mittlerweile war es so still im Raum, dass man eine Stecknadel hätte fallen hören können. Keiner wagte zu husten, geschweige denn zu atmen. Er ließ den Blick durch den Raum schweifen. Er holte tief Luft und rieb sich die Hände. Er freute sich innerlich, die gute Neuigkeit zu verbreiten. Norman war sich sicher, dass seine Mitarbeiter aufatmen würden. Jetzt braucht keiner mehr Angst zu haben, seine Stelle zu verlieren. Sein Herz fühlte sich am Morgen noch schwer an, aber nach dem Meeting ist eine große Last von ihm heruntergefallen. Er fühlte sich großartig und konnte die ganze Welt umarmen. Endlich kann sein Unternehmen wieder schwarze Zahlen schreiben. Er sah seine Mitarbeiter an. Wie werden sie die Neuigkeit aufnehmen? Ich werde ihnen heute

Nachmittag frei geben. Sie haben so viel und hart gearbeitet, sie sollen das schöne Wetter genießen. Das haben sie sich verdient. Ohne sie hätte er es heute nicht geschafft. Sein Baby, „IT Hamburg" ist gerettet. Monatelang lag er die Nächte wach und grübelte, wie es weitergehen sollte. Hätte er Daniela nicht gehabt, wüsste er nicht, wo er gelandet wäre. Vermutlich an der Flasche oder auf der Straße. Sie half ihm, diese Last mit ihm zu tragen. Sie führte die Gespräche mit den Banken und unterstützte ihn, wo sie nur konnte. Dafür liebte er sie. Ohne sie wäre er aufgeschmissen gewesen. Er atmete erleichtert auf. Er sah seine Mitarbeiter an und lächelte. Wir haben es geschafft. Er seufzte tief; seine Hände wurden feucht. Sein Herz klopfte. Wie werden sie es aufnehmen? Sie werden sich freuen. Da war er sich sicher. Die Firma war für viele, wie eine zweite Familie. Er blickte in die Runde. Einige waren noch in einem Telefonat. Er wartete, bis sie beendet waren. Wie ein Tiger im Käfig lief er durch den Raum. Er fühlte sich stark und selbstbewusst. Wie ein König, der seinen Untertanen eine gute Neuigkeit verkünden wollte. Er baute sich vor seinen Mitarbeitern auf und klatschte in die Hände. Eine Mitarbeiterin beendete ihr Gespräch mit den Worten „Ich rufe sie gleich zurück" und ließ den Hörer langsam auf die Gabel sinken, ohne ihre Augen von Norman abzuwenden. Ihr stand der Mund weit offen. „Sag es", murmelte sie. „Wir wollen es wissen", forderte sie ihn auf. „Bitte sag es uns." Sie sah ihn erwartungsvoll an. „Haben wir es geschafft?" Ihre Augen glänzten. Sie stand langsam auf. „Bitte sag es." Sie hielt sich die Hände vor den Mund. Mit langsamen Schritten ging sie auf ihn zu. Ihre Augen füllten sich mit Tränen. „Sag es", wiederholte sie in einem mantraartigen Ton. Sie stand vor ihm und sah ihm ganz tief in seine Augen. Er legte eine Hand auf ihre Schulter und lächelte. Er nickte leicht und seufzte. Seine Augen richteten sich auf den Boden. Die Mitarbeiterin ging langsam zu ihrem Platz zurück und ließ sich in ihren

Stuhl sinken. „Bitte nicht", jammerte sie. „Bitte lass es nicht wahr sein." Ihre Augen füllten sich mit Tränen. Sie begann leise zu schluchzen. „Was soll jetzt aus meinen Kindern werden?" Sie vergrub ihr Gesicht in ihren Händen. Ihre Kollegin neben ihr, nahm sie in den Arm. „Ich bin allein erziehend. Ich brauche das Geld", schluchzte sie. Geräuschvoll schnäuzte sie sich die Nase. „Ist schon gut", tröstete die Kollegin sie. „Irgendwie geht es schon weiter. Du darfst die Hoffnung nicht aufgeben." Norman ging einen Schritt auf sie zu. „Warte doch erstmal, was ich zu sagen habe", sagte er leise. „Sieh doch nicht immer alles so schwarz." Er lächelte. Die Mitarbeiterin hob den Kopf und sah ihn mit verheulten Augen an. „Also, haben wir es geschafft?" Sie seufzte erleichtert. „Willst du das damit sagen?" Ihr Blick erhellte sich. Sie stand auf und wollte Norman um den Hals fallen. „Warte", sagte er zu ihr. „Setz dich doch." Er ging wieder auf seinen Platz zurück. „Also ...". Er klatschte in die Hände. „Habe ich kurz eure

Aufmerksamkeit?" Er holte tief Luft. Keiner sagte etwas. Gefühlte tausend Augen waren jetzt nur auf ihn gerichtet. Sein Herz pochte. „Die Sache ist so ...", fing er an.

„Sind wir unseren Job los?", unterbrach einer aus der hinteren Ecke. „Dann sag es, damit wir uns eine neue Stelle suchen können." Der Angestellte sah ihn verärgert an. „Auch ich habe Familie." Er ballte seine Hände zu Fäusten. Norman hob beschwichtigend die Hände. „Alles gut. Setz dich bitte wieder", sagte er freundlich. Der Angestellte entfernte sich von seinem Platz. „Dann gehe ich jetzt", sagte er wütend und nahm seine Jacke. „Warte doch bitte", bittete Norman. „Bitte setz dich."

Sein Grinsen wurde breiter. „Ich möchte euch sagen, dass wir den Zuschlag aus München bekommen haben. Die Firma ist gerettet." Er hob triumphierend die Arme. „Ich freue mich so sehr! Eure Jobs sind gerettet. Danke für die tolle Arbeit. Ich wusste, dass wir es schaffen. Ihr seid die Besten." Er klatschte in die Hände. „Das

32

wird nicht unbelohnt bleiben. Jeder von euch bekommt eine Lohnerhöhung, sobald alles unter Dach und Fach ist."

Stolz blickte er in die Runde.

„Der Rest sind nur noch Formalitäten. Fest steht, dass wir es geschafft haben." Er lachte.

Warum reagiert keiner? Norman seufzte tief. Jetzt haben sie doch Klarheit! Erleichtert blickte er in die Runde. „Jetzt dürft ihr was sagen."

Er nahm seine Aktentasche und wandte sich zum gehen. Da passierte es.

Ein Raunen ging durch den Raum. Hinten stand einer auf und klatschte in die Hände. Nach und nach taten es ihm die anderen gleich. Ehe sich Norman versah, standen seine ganzen Mitarbeiter vor ihm und applaudierten. Eine Gänsehaut überfuhr ihn. So was hat er noch nie erlebt. Seine Augen füllten sich mit Tränen. „Danke", flüsterte er mit tränenerstickter Stimme. „Ohne euch hätte ich es nicht geschafft." Er wischte sich mit dem Handrücken die

Tränen weg. Eine Angestellte aus der vorderen Reihe reichte ihm ein Taschentuch. „Danke", sagte er und schnäuzte sich die Nase.

„Und darum", fuhr er fort, „schlage ich vor, dass wir für heute alle Feierabend machen. Genießt das schöne Wetter und morgen geht es mit neuer Energie an die Arbeit. Ich danke euch für euren Einsatz."

Unter tosendem Applaus verließ er das Büro. Er seufzte erleichtert. Kann mich bitte jemand kneifen? Ich kann es kaum fassen. Das ist wie ein Sechser im Lotto. Die Strapazen der letzten Monate waren wie weggeblasen. Er fühlte sich um einige Kilo leichter. Eine derartige Zeit wird nie wieder vorkommen, schwor er sich. Nun ist die Firma auf der sicheren Seite. Er betrat das Treppenhaus und rief den Fahrstuhl. Die hochglanzpolierten Lifttüren spiegelten sein Angesicht wieder. Gott, sehe ich verheult aus, dachte er und lachte. So darf ich nicht nach Hause kommen. Daniela lacht sich tot. Das letzte Mal geweint hatte er bei Emmas

Geburt. Als er seine Tochter in den Armen hielt und sie ihn gleich anlächelte. Diesen Moment wird er nie vergessen. Er liebte seine Familie und würde alles für sie tun. Die Türen des Lifts öffneten sich mit einem leisen Klingeln. Er stieg ein und drückte den Knopf zur Tiefgarage. Sanfte Musik berieselte ihn. Er sah in den Spiegel und rückte seine Krawatte zurecht. So sehen Sieger aus. Er lachte. Genauso fühlte er sich. Wie ein Sieger. „Hast du gut gemacht", lobte er sich selbst und klopfte sich auf die Schulter. Die Türen öffneten sich und ein schwerer Benzingeruch stieg ihm in die Nase. Er verließ den Fahrstuhl und trat in die schwachbeleuchtete Garage hinaus. Er drehte sich um, als er hinter ihm Schritte hörte. Keiner war zu sehen. Merkwürdig. Jetzt höre ich schon Dinge. Ich brauche Urlaub. Abrupt blieb er stehen. Ein schwarzer SUV raste an ihm vorbei. „So ein Blödmann", fluchte er. „Kann er nicht aufpassen?" Er schüttelte den Kopf. „Führerschein in der Lotterie gewonnen, was?", fluchte er. Der Wagen blieb stehen.

Norman ging langsam auf ihn zu. In diesem Moment fuhr er mit Vollgas davon. Norman blieb stehen und sah ihm nach, wie er um die Ecke bog. Ein seltsames Gefühl beschlich ihn. Er überlegte. Das Kennzeichen sagte ihm nichts. Langsam ging er zu seinem Auto. Ein schrilles Piepen hallte durch den Raum, als er den Wagen fernentriegelte. Er stieg ein und ließ den Motor an. In Gedanken versunken lenkte er das Fahrzeug auf die Hauptstraße. Was sollte das bedeuten? Sollte das ein Anschlag sein? Aber wer sollte es auf ihn abgesehen haben? Der Gedanke ließ ihn nicht los. „Du bildest dir was ein", sagte er zu sich selbst. „Konzentrier dich lieber auf die schönen Dinge im Leben." Er schaltete das Radio an. Der Verkehrsfunk sagte einen Stau im Elbtunnel an. „Wie immer", sagte er. „Der Tunnel ist immer dicht." Der Verkehr in der Innenstadt wurde immer dichter. Er seufzte genervt. „Das fehlte jetzt noch." Er verdrehte die Augen. „Komme ich heute noch nach Hause?"

Norman kam nur noch schleppend

voran. Er drehte das Radio laut auf, um sich abzulenken. Das darf doch jetzt alles nicht wahr sein.

„Was ist denn mit euch los? Seid ihr denn alle zu blöd zum Auto fahren, oder was?", brüllte er ungehalten.

Warum passiert das immer, wenn man es eilig hat? Er hasste den Verkehr in Hamburg.

An einer roten Ampel fuhr hinter ihm ein schwarzer SUV dicht auf. Er blickte in den Rückspiegel. Ist das nicht der Wagen aus der Tiefgarage? Er drehte den Kopf.

„Soll ich den Kofferraum für dich aufmachen, oder was?", schrie er. Er sah wieder nach vorne.

Die Ampel sprang auf Grün und Norman fuhr mit quietschenden Reifen an. Der Unbekannte folgte ihm gemächlich. Was will er? Oder hat er die gleiche Richtung wie ich? Norman beschlich ein ungutes Gefühl. Was will er? Mir ist die ganze Sache nicht geheuer. Immer wieder schaute er in den Rückspiegel. Der SUV ließ nicht ab.

Sollte er rechts anhalten, um zu sehen, ob der Verfolger es ihm gleich tut? Ach nein, wahrscheinlich alles nur Einbildung. Er hat mit Sicherheit denselben Weg wie ich. Kann ja auch jemand von den anderen Firmen aus dem Komplex sein. Immer wieder blickte er in den Spiegel. Was soll das? Was willst du?

Nach einigen Kilometern bog er in die Seitenstraße ab, in der er wohnte. Ein Blick in den Rückspiegel verriet ihm, dass der SUV auch abbog und an der Kreuzung, an der Norman geradeaus weiterfuhr, stehenblieb. Also hatte er nur den gleichen Weg wie ich. Aber warum steigt er nicht aus? Norman nahm den Fuß vom Gas. Sieht er schon Gespenster? Das ungute Gefühl beschlich ihn erneut. Was ist wenn ...? Er schüttelte sich. Nein, daran darf ich nicht mal denken. Er fuhr wieder an. Er sah in den Rückspiegel. Sein Atem wurde schneller. Der Wagen entfernte sich von ihm. Gott sei Dank. Er bleibt stehen.

Norman blickte nach hinten. Langsam fuhr der Verfolger wieder an. Das gibt es doch nicht. Normans Herz bummerte. Sollte er noch einmal um den Block fahren? Er fuhr auf die Hofeinfahrt. Der SUV hielt an der gegenüberliegenden Seite. Warum steigt keiner aus? Norman starrte den Wagen an. Durch die getönten Scheiben konnte er nichts erkennen. Ob ich mal rübergehe? Mit weichen Knien trat auf die Straße. Der Motor des Wagens heulte auf und brauste davon. Norman blickte ihm ungläubig nach. Er ging auf den Hof zurück und kramte in seiner Aktentasche nach dem Schlüssel. Wo ist er denn nur?

Die Haustür wurde aufgerissen und Emma stürmte ihrem Vater entgegen. Daniela folgte ihr mit einem breiten Lächeln. Norman sah auf die Straße und schüttelte den Kopf. „Hast du das gerade mitgekriegt?", fragte er seine Frau. Sein Mund fühlte sich trocken an. Was sollte das? Norman hob seine Tochter hoch und drückte sie. „Hallo meine Kleine", begrüßte er sie und gab ihr einen dicken Kuss auf die Wange.

„Hallo Papa", kreischte Emma. „Mama hat Pommes und Würstchen gemacht." Sie wischte sich mit dem Handrücken den ketchupverschmierten Mund ab. „Wir waren heute einkaufen. Und dann hat Mama mir ein Eis gekauft, weil es so heiß war." Sie grinste ihren Vater an. „Willst du mal meine neuen Schuhe sehen?" Sie rannte zum Haus. „Komm schon, Papa", rief sie. Sie hüpfte aufgeregt auf dem Treppenabsatz. „Beeil dich." Sie winkte ihren Vater zu sich heran. „Mach schon."

„Ja, ich komme schon."

„Hallo Schatz." Daniela gab ihm einen dicken Kuss. „Schön, dass du schon zu Hause bist."

„Hast du Ellen Bescheid gesagt?", fragte er, den Blick ungläubig zur Straße gewandt. „Kommt sie Samstag?" Er nahm seine Frau in den Arm.

„Ja." Daniela sah ihren Mann besorgt an. „Was ist denn los?"

„Hast du das vorhin nicht mitgekriegt?", fragte er skeptisch.

„Was meinst du?"

„Na, dieser schwarze SUV der auf der anderen Straßenseite stand. Irgendwie hat der uns beobachtet." Er sah seine Frau fragend an. „Der ist mir von der Arbeit bis hierher gefolgt." Er schüttelte den Kopf.

„Ach der. Um den brauchst du dir keine Sorgen machen. Der fährt schon seit einigen Tagen hier seine Runden. Du weißt doch, dass am Ende der Straße Bauland freigegeben worden ist. Vielleicht will er nur die Nachbarschaft begutachten, bevor er anfängt zu bauen." Sie tätschelte ihm die Schulter. „Alles gut. Brauchst dir keine Gedanken machen." Sie grinste ihn an. „Ich glaube, du brauchst mal Urlaub."

Sie drehte sich um und ging ins Haus.

Norman folgte ihr. Er bekam einfach dieses merkwürdige Gefühl nicht los, dass irgendetwas nicht stimmte. Er glaubte nicht, dass es mit dem Bauland am Ende der Straße zu tun hatte.

4. Kapitel

Emma rannte aus ihrem Zimmer und riss die Tür zum Elternschlafzimmer auf. Daniela und Norman lagen noch im tiefen Schlaf. Mit Schwung sprang Emma auf das elterliche Bett. Daniela drehte sich auf den Rücken und öffnete die Augen. Sie rieb sich das Gesicht und lächelte ihre Tochter an. „Guten Morgen Süße." Sie schaute auf die Uhr. „Warum bist du früh wach? Wir haben noch Zeit." Sie streckte sich und setzte sich auf die Bettkante. Sie gähnte herzhaft.

„Ich will nicht zu spät kommen", antwortete Emma lachend. „Aufstehen, aufstehen." Sie sprang aufgeregt auf dem Bett herum. „Papa, du auch." Sie stupste ihren Vater an. Als er nicht reagierte, tätschelte sie ihm das Gesicht. „Papa, aufwachen. Heute ist mein großer Tag.

Komm schon." Sie kicherte aufgeregt. Endlich ist der Tag da! Sie konnte es kaum noch erwarten. „Papa!", rief sie etwas lauter. „Bist du tot?" Emma lachte. „Jetzt komm." Sie zog an seinem Arm.

Norman gähnte. „Was ist das denn für ein Überfall?" Er kitzelte seiner Tochter in die Seite. Emma ließ sich laut lachend auf das Bett fallen.

„Los, aufstehen." Emma riss ihrem Vater die Decke weg. „Wir müssen uns noch fertigmachen." Sie sprang vom Bett und rannte zur Tür.

„Oh, das ist jetzt aber fies." Er zog einen Schmollmund. Seine Tochter lachte.

„Ich mache Frühstück." Daniela verließ in ihrem Morgenmantel das Schlafzimmer. Unten in der Küche setzte sie Kaffee auf und bereitete den Kakao für Emma vor. „Was wollt ihr essen?", rief sie ins obere Stockwerk. Sie lauschte angestrengt. Keine Antwort. „Hallo", rief sie lauter. „Ich warte auf Anweisungen." Sie grinste. Sie liebte es, ihre Familie zu verwöhnen. Ihre Tochter kam an den Treppenabsatz gerannt. „Was willst du essen?", fragte Daniela. „Heute darfst du dir was wünschen." Sie lächelte ihre Tochter liebevoll an. „Brot mit Schokocreme?" Emma sah sie mit leuchtenden Augen an. Sie grinste so breit, dass ihre Zahnlücke zum Vorschein kam. Sie schüttelte den Kopf und rannte zurück in ihr Zimmer. Daniela drehte sich um. „Dann werde ich mir was einfallen lassen." Sie ging in die Küche. Sie nahm die Pfanne und ein paar Eier und stellte den Herd an. „Soll ich dir Rühreier machen?", rief sie. „Emma!" Sie schlug die Eier in die Pfanne.

„Ja." Emma kam polternd die Treppe herunter. „Und Kakao." Sie rannte in die Küche und setzte sich an den Tresen.

Schlurfend folgte Norman seiner Tochter. Seine blonden Haare standen in alle Richtungen. Gähnend ging er zur Kaffeemaschine und goss sich Kaffee in die Tasse. Vorsichtig trank er einen Schluck, während Daniela am Herd die Rühreier zubereitete. Er sah auf die Küchenuhr. „Oh

Mann. Es ist ja erst sechs Uhr durch." Er sah Emma an. „Warum bist du so früh wach?" Er schaute sie ungläubig an. „Kannst es nicht abwarten, was?" Er setzte sich neben sie. „Bist du schon aufgeregt?" Er grinste. „Ein neuer Lebensabschnitt." Er seufzte und wuschelte seiner Tochter durch die Haare. „Jetzt beginnt der Ernst des Lebens." Er trank einen Schluck Kaffee. Er gähnte herzhaft. „Bekomme ich auch ein paar Rühreier?" Er sah seine Frau mit einem Hundeblick an. Daniela lachte. „Aber gerne doch ...". Sie reichte Emma ihren Teller. Sie schaute auf die Uhr und erschrak. „Was ist?", fragte Norman und sah seine Tochter an.

„Ich möchte nicht zu spät kommen." Emma saß auf einem Barhocker und schaukelte mit ihren kurzen Beinen. „Das macht am ersten Tag keinen guten Eindruck." Sie nahm ihren Becher. Etwas Kakao schwappte auf den Boden. „Ich muss mich noch fertig machen." Sie schaute auf den Fleck auf dem Boden. „Verdammt. Tut mir leid."

Norman griff nach dem Küchenpapier und wischte die Pfütze auf. „Gute Einstellung", lobte er seine Tochter. „Behalte die bei. Pünktlichkeit ist immer gut, um im Leben voranzukommen." Er warf das benutzte Papier in den Mülleimer. „Ich gehe mal duschen." Er streckte sich und leerte seine Tasse. Daniela schenkte sich Kaffee in ihre Tasse und trank einen großen Schluck. „Ich bin dann mal oben." Er gab seiner Frau einen Kuss.

„Wann müssen wir denn in der Schule sein?", fragte Emma aufgeregt.

„Erst um elf." Daniela ging zur Küchenuhr. „Wenn der große Zeiger hier steht und der kleine da."

„Ach, dann ist ja noch Zeit", sagte Emma mit einem breiten Grinsen. „Warum seit ihr dann schon so früh auf?"

Daniela wuschelte ihrer Tochter durch die Haare. „Du hast uns geweckt." Sie lachte. „Ich hab dich lieb, Mäuschen."

„Ich?" Emma lachte schrill.

Nachdem sie das Frühstück aufgegessen

hatte, sprang sie vom Hocker und rannte in das obere Stockwerk. Daniela folgte ihr. Kinder werden so schnell groß! Sie seufzte schwer. Heute kommt sie in die Schule und geht bald ihren eigenen Weg.

Emma legte ihr Kleidchen auf ihr Bett und stellte die roten Riemchenschuhe davor. Daniela lehnte im Türrahmen und lächelte, als sie das Schauspiel beobachtete. „Das machst du aber schön", lobte sie ihre Tochter. „Kann ich dir etwas helfen?" Sie betrat das Zimmer. „Schau mal, die Strümpfe würden auch gut dazu passen." Emma verzog das Gesicht. Daniela legte die Strümpfe wieder weg. „Ok, ok. Du machst das schon." Sie setzte sich auf das Bett.

„Ich bin ja auch schon groß, Mama. Schließlich komme ich heute in die Schule."

„Da hast du Recht."

Norman kam mit einem Handtuch um seine Hüften geschlungen, aus dem Badezimmer und ging ins Schlafzimmer, um sich anzuziehen. Daniela folgte ihm. Das Wasser perlte auf seinem muskulösen

Brustkorb ab, wie auf einer Lotusblüte. Was habe ich für einen gutaussehenden Mann. Sie folgte ihm und blieb im Türrahmen stehen. Es wurde ihr ganz heiß, als er das Handtuch fallen ließ. Sie stieß einen Pfiff aus. Sie ging langsam auf ihn zu und kniff in seine strammen Backen. Sie schmiegte sich an ihn und ließ ihre Hände über seinen Körper wandern. „Hallo Sexy", flüsterte sie. Er drehte sich um und lächelte sie an. Sie gaben sich einen innigen Kuss. „Nicht jetzt",sagte er, als ihre Hände tiefer wanderten. „Damit müssen wir bis heute Abend warten." Er lächelte sie liebevoll an. „Du bist mein ein und alles." Er drückte sie fest. „Danke, dass ich dich habe. Ohne dich wäre ich ein nichts."

Sie streichelte ihm übers Gesicht. „Ich liebe dich." Ihre braunen Augen funkelten. Als sie ihn vor zehn Jahren traf, war es Liebe auf den ersten Blick. Seit dem sind sie unzertrennlich. Vier Jahre später kam auch Emma schon auf die Welt.

„Ich dich auch", erwiderte Norman. „So,

ich muss mich jetzt anziehen", sagte er schelmisch, als er den Blick seiner Frau bemerkte. „Mehr heute Abend."

Daniela leckte sich die Lippen und ließ ihn alleine. Sie ging ins Badezimmer, um zu sehen, wie weit Emma ist. „Na, wie sieht es aus?"

„Ich bin fertig. Muss mich nur noch anziehen", sagte Emma stolz.

„Super. Dann kann ich mich auch fertig machen. Papa kann dir auch beim Anziehen helfen." Sie stellte die Dusche an.

„Mama." Emma sah ihre Mutter genervt an. „Wie oft muss ich es denn noch sagen?"

Daniela hob die Hände. „Ich weiß, ich weiß. Du bist schon groß und kannst das alleine."

„Genau." Emma verließ lachend das Bad und Daniela stieg unter die Dusche. Das warme Wasser verscheuchte ihre restliche Müdigkeit. Sie war die glücklichste Frau der Welt. Nachdem sie sich angezogen hatte, stieg sie die Treppe hinab. Norman und Emma saßen am Küchentresen. Er pfiff durch die Zähne, als er sie sah. In dem Hosenanzug sah sie aus wie ein Engel. Er erhob sich und verbeugte sich. Emma lachte laut. „Papa, kriegt Schnappatmung." Sie kringelte sich vor Lachen. „Ihr zwei seid ja welche." Sie schüttelte den Kopf und stellte ihre Tasse in die Spüle.

„Wow, wie hübsch du bist." Er ging auf seine Frau zu und küsste sie.

Ein Blick auf die Uhr verriet ihnen, dass sie langsam los mussten. Schließlich hatte sie Ellen versprochen, sie abzuholen. Sie ging zur Garderobe und zog ihre Pumps an. „Emma, hast du deine Schuhe an?", rief sie in die Küche.

„Müssen wir los?", fragte Emma aufgeregt und sprang vom Hocker. „Ich komme."

„Ja, wir müssen noch Ellen abholen." Daniela griff nach ihrer Handtasche. Sie öffnete die Haustür und Emma rannte voraus. Die Sonne hatte um diese Zeit schon Kraft. „Gott sei Dank, ist schönes Wetter", sagte sie zu ihrem Mann gewandt.

Emma riss die Pforte des Nachbargrundstückes auf und rannte zu dem roten Haus. Der Vorgarten war von einer Hecke umgeben, sodass man nicht darüber blicken konnte. Daniela und Norman folgten ihr Arm in Arm. Emma klingelte Sturm. Nach einer Weile wurde die Tür geöffnet. Ellen trug eine weiße Bluse und einen bunten Faltenrock. Ihren Hals schmückte eine zierliche Goldkette. „Hallo", flötete sie. „Ich bin gleich soweit." Sie lächelte Emma an. Ihre grünen Augen strahlten. Wie hübsch sie heute wieder aussieht. Ellen sah stets aus, wie aus dem Ei gepellt. Egal, was für ein Tag war. „Styling ist sehr wichtig", sagte sie immer. „Du weißt nie, wen du triffst." Sie öffnete ihre Arme weit. „Komm mal her Kleines", forderte sie Emma auf.

Sie drückte Emma fest an sich. Emma erwiderte die Umarmung und gab Ellen einen dicken Kuss auf die Wange. „Guten Morgen, meine Kleine. Bist du schon aufgeregt?" Sie sah Emma mit lachenden

Augen an. „Ich habe was für dich." Sie erhob sich.

Sie ging zur Garderobe und öffnete die Tür. Mit einer Zuckertüte im Arm ging sie auf Emma zu. „Die ist für dich." Ellen überreichte sie ihr. „Gefällt sie dir?"

Zuckertüte. Daran hatte ich gar nicht mehr gedacht. Danke Ellen, schoss es Daniela durch den Kopf. Wie konnte ich das vergessen?

Emmas Augen funkelten. „Ist die für mich?", fragte sie erstaunt. Ihr Mund stand weit offen. Sie sah ihre Eltern an und grinste. „Schaut mal." Sie drückte Ellen fest. „Dankeschön." Sie rannte zum Gartentor.

„Kommt, wir müssen los." Sie öffnete das Tor und drehte sich um. „Wo bleibt ihr denn?" Sie verdrehte die Augen. „Beeilt euch. Wir kommen sonst noch zu spät." Sie rannte auf die Straße. Reifen quietschten. Daniela rannte auf Emma zu und zog sie zurück auf den Bürgersteig. Erschrocken sah sie ihre Tochter an.

„Du musst doch auf die Straße gucken,

ob kein Auto kommt."

Emma blickte zu Boden. „Entschuldigung." Sie rannte an die Ecke. „Jetzt kommt schon."

Sie hielt ihre Zuckertüte in die Höhe. Mit einem Plumps fiel sie zu Boden. Schokolade und Stifte kullerten auf die Straße. Aufgeregt sammelte Emma alles wieder ein. „Entschuldigung. Passiert nicht wieder", rief sie. „Seit ihr bald da? Wir kommen noch zu spät." Emma seufzte tief. Sie schüttelte den Kopf.

„Wie soll ich das dann nur meiner Lehrerin erklären?" Sie stemmte ihre Hand in die Hüfte.

Daniela, Ellen und Norman nahmen Emma in die Mitte, als sie die Straße überquerten. Ganz im Gespräch vertieft, merkten sie nicht, wie ein schwarzer SUV langsam an ihnen vorbeifuhr, um die Ecke bog und im Schatten eines Baumes stehenblieb. Nachdem die vier die Straße überquert hatten, fuhr der Wagen langsam wieder an. In der Nähe vom Schulhof blieb er stehen. Das Fenster wurde heruntergefahren. Der Fahrer blickte in den Außenspiegel und grinste. Er setzte seine Sonnenbrille ab und zündete sich eine Zigarette an. Er grinste. Endlich hat er sie gefunden. Nach all den Jahren. Sie hat sich gar nicht verändert. Immer noch die zierliche Figur; das Tattoo auf ihrem Brustkorb; das Piercing im rechten Nasenflügel. Anni. Nur die Haare trägt sie jetzt anders. Und die Kleine ist also ihre Tochter. Ein hübsches Mädchen. Sieht aus wie ein Engel. Der Fahrer leckte sich die Lippen. Oh ja ... Er lachte leise. Genüsslich zog er an seiner Zigarette und beobachtete die Vier, wie sie auf den Schulhof gingen. Heute wäre kein guter Zeitpunkt – zu viele Zeugen. Aber seine Zeit wird kommen. Er und Darius haben jetzt 25 Jahre gewartet, da kommt es auf ein paar Tage mehr auch nicht an. Er stellte das Radio leiser. Dieser Song geht mir auf die Nerven. Ich kann ihn nicht mehr hören. Er beobachtete Emma, wie sie fröhlich zwischen den Erwachsenen hin und her

sprang. Sein Herz klopfte. „Du gehörst uns",
murmelte er. „Mit dir werden wir unseren
Spaß haben." Er legte seinen Kopf zurück.
Gedanken kreisten in seinem Kopf. Was ich
mit ihr alles anstellen kann! Er schnippte die
Zigarette aus dem Fenster. Er setzte die Brille
wieder auf. „Wir sehen uns", sagte er, als er
den Motor wieder startete. Er grinste in sich
hinein. „Du wirst noch um Gnade winseln,
Anni." Er lachte teuflisch. „Darius wird sich
freuen." Er zündete sich eine weitere
Zigarette an. Er tippte mit den Fingern auf
dem Lenkrad, während er an seiner Zigarette
zog. „Die Kleine kann eine Menge Geld
einfahren." Er lachte. Ob sie so gut ist, wie
ihre Mutter? Er sah auf die Uhr. 10.45 Uhr.

Ein großer, muskulöser Mann kam auf
ihn zu. Seine Hände waren zu Fäusten
geballt. Streit wollte er nicht. Er fuhr die
Scheibe wieder hoch und brauste davon. Mit
quietschenden Reifen bog er um die Ecke
und verschwand.

5. Kapitel

Auf dem Schulhof liefen Kinder aufgeregt hin und her. Emma schmiegte sich eng an ihre Mutter. „Ich glaube, ich will das doch nicht", sagte sie leise.

„Na, doch nicht so groß, hm?", fragte Daniela und sah ihre Tochter an.

Emma schüttelte den Kopf. „Kann ich noch ein Jahr warten?"

Norman ließ den Blick über den Hof schweifen. Da sah er an der Einfahrt einen schwarzen SUV. „Ich bin gleich wieder da", flüsterte er Daniela ins Ohr.

Mit langsamen Schritten ging er auf den Wagen zu. Seine Hände ballten sich zu Fäusten. In diesem Moment startete der Motor und er fuhr davon. Norman versuchte, sich das Nummernschild zu merken. Aber da war er schon um die Ecke verschwunden. Gedankenversunken kehrte er zu seiner Familie zurück. Das war doch das merkwürdige Auto, was ihn letztens bis nach Hause verfolgt hat. Was hat das zu bedeuten? Was verfolgt der Fahrer? Norman beschlich wieder dieses beängstigende Gefühl. Etwas stimmte nicht. Er blieb stehen und drehte sich um. In welche Richtung fuhr es? Links oder rechts? Er seufzte tief. Meine Familie wird doch nicht in Gefahr sein? Er schüttelte den Kopf. Du bildest dir nur was ein, ermahnte er sich. Du brauchst Urlaub. Nächstes Jahr in den Sommerferien verreisen wir ganz groß, schwor er sich. Das haben wir uns verdient. Er ging zu seiner Frau und nahm sie in den Arm. Er drückte sie fest.

„Was war denn los?", fragte Daniela und sah ihren Mann forschend an. Norman seufzte.

„Ach nix. Da war nur dieser komische Wagen wieder."

„Schatz, ich glaube, du siehst Gespenster." Sie wandte sich Emma zu. „Na, wollen wir mal reingehen?"

„Lieber nicht. Das ist mir nicht geheuer",
antwortete Emma. „Aber es muss wohl so
sein." Sie stöhnte.

In der Aula herrschte ein lautstarkes
Stimmengewirr. Daniela, Ellen, Emma und
Norman suchten sich vier freie Plätze und
setzten sich. Emma rutschte ganz aufgeregt
auf dem Stuhl hin und her. Daniela
ermahnte sie, still zu sitzen. „Ich bin aber so
aufgeregt, Mama", flüsterte sie. „Ich weiß
doch gar nicht was passiert." Sie versuchte,
einen Blick auf die Bühne zu erhaschen. „Ich
sehe gar nichts." Sie zog einen
Schmollmund. „Dann kann ich auch gleich
wieder nach Hause gehen." Daniela grinste
ihre Tochter an. „Jetzt beruhige dich",
versuchte sie Emma zu beruhigen. „Geht
doch gleich los. Dir wird es in der Schule
gefallen." Sie legte einen Arm um sie. „Wir
sind ja auch noch da."

Nach der Eröffnungsrede der Direktorin,
die die ABC-Schützen und die Eltern
begrüßte, führten Kinder der höheren Stufe
ein kleines Theaterstück vor. Ein tosender

Applaus brach aus. „Super", rief ein dicklicher Mann aus der hinteren Reihe. „Zugabe." Daniela drehte sich um. Was für ein stolzer Vater, dachte sie belustigt. Sie sah Emma an, die ganz hypnotisiert auf die Bühne blickte. „Ich bin so stolz auf dich", flüsterte sie und gab ihr einen Kuss auf den Kopf. Emma sah sie an und grinste. Aus Angst etwas zu verpassen, sah sie wieder nach vorne. „Jetzt geht es los", sagte sie aufgeregt. Sie stand auf und nahm ihre Zuckertüte. „Ich bin bereit." Sie wandte sich zum Gehen.

„Jetzt warte doch noch", sagte Daniela lachend. „Setz dich wieder. Die rufen dich schon auf."

Nach und nach kamen die Lehrer auf die Bühne und stellten sich vor. Jeder rief abwechselnd einen Namen auf. „Anton Schuhmann." Ein kleiner Junge, mit Brille und Hasenzähnen lief nach vorne. Er winkte seinen Eltern freudig zu. Nach und nach liefen Kinder nach vorne. Die Bühne füllte sich mit den kleinen Abc-Schützen.

Emma lauschte angestrengt, wann ihr Name fiel. Sie schaute Daniela fragend an und zuckte mit den Schultern. Sie blickte traurig zu Boden.

„Hast du meinen Namen schon gehört? Ich habe nichts mitgekriegt." Sie rutschte aufgeregt auf ihrem Stuhl hin und her. „Oder haben sie mich vergessen?" Sie schmollte. „Das fände ich nicht gut."

Sie stand auf und stellte sich auf die Zehenspitzen. Sie reckte ihren Kopf, um einen Blick zu erhaschen. Daniela grinste und zog sie zu sich heran. Emma setzte sich auf Danielas Schoß und wippte mit den Beinen.

„Das dauert wohl noch", flüsterte sie zu ihrer Tochter.

„Emma Huthman." Mit stolz geschwellter Brust und ihrer Zuckertüte ging sie nach vorne und stellte sich zu den anderen Kindern. Danielas Augen füllten sich mit Tränen. Jetzt ist es soweit. Ihr Kind geht in die große weite Welt hinaus. Sie wischte sich ihre Tränen mit dem

Handrücken ab. Ellen sah sie an.

„Ach Liebes. Kinder werden so schnell groß", sagte Ellen und tätschelte Danielas Knie. „Bei meinen Kindern war es damals genauso." Sie seufzte tief. „Die Zeit verfliegt. Ehe man sich versieht, sind sie groß und gehen ihre eigenen Wege. Dann kannst du froh sein, wenn sie sich wenigstens zu Weihnachten noch melden." Sie grinste.

Daniela nickte und schnäuzte in ihr Taschentuch. „Da sagst du was. Es kommt mir vor, als wäre sie erst gestern geboren."

„Ja, das Gefühl kenne ich." Ellen seufzte schwer.

Enkelkinder hatte sie nicht zu erwarten. Aus diesem Grund kümmerte sie sich um Emma. Sie sah sie als ihre Enkelin an und es sollte ihr an nichts fehlen. Und Emma liebte sie abgöttisch. Die beiden waren ein Herz und eine Seele. Da passte kein Blatt Papier zwischen. Wenn Emma rüberging, sagte sie immer: „Ich gehe jetzt zu meiner Oma", und verschwand.

„Hast du vielleicht auch ein Taschentuch

für mich?", fragte sie. „Wir zwei Heulsusen", sagte sie, als Daniela ihr ein Papiertaschentuch reichte. Sie schnaufte und steckte es in ihre Handtasche.

Sie sah Daniela an und beide mussten anfangen zu lachen. „Ich kann dir nachfühlen, Liebes. Als damals meine Kinder eingeschult wurden, ging es mir genauso." Tränen rannen ihr übers Gesicht. Sie kramte aus ihrer Handtasche ein Foto ihrer Tochter hervor. „Sie war so hübsch, nicht wahr?" Sie zeigte Daniela das Bild. Sie nickte und legte Ellen eine Hand auf die Schulter. „Entschuldige Liebes. Ich werde sentimental." Sie steckte das Bild wieder ein und wandte den Blick nach vorne zur Bühne. „Emma sieht so stolz aus, nicht wahr? Guck doch mal." Sie lächelte. „Schade, dass ich keinen Fotoapparat dabei habe." Sie blickte zu Norman, der ganz gespannt auf die Bühne sah. „Kannst du nicht mit deinem Handy ein Foto machen und es mir ausdrucken?" Sie sah ihn fragend an. „Das wäre wunderbar. Dann kann ich es auf meinen Kaminsims stellen. In einem schönen Rahmen." Sie zwinkerte Norman zu und tätschelte seinen Arm. „Ich hoffe, dass es nicht mehr lange geht. Ich kann kaum noch sitzen." Sie streckte ihre Beine aus.

Nachdem die Kinder aufgeteilt waren, gab die Direktorin bekannt, dass die Lehrer mit den Kindern in die Klassenzimmer gehen. Die Eltern könnten sich an der Bar erfrischen. Daniela sah Emma nach, wie sie mit den anderen um die Ecke verschwand. Unter großem Towubahohu stürmten die Eltern zu den Erfrischungen. Daniela stand auf und streckte sich. Sie gähnte herzhaft. Ellen sah sie an und lachte. „Geht mir auch so, Liebes." Sie stimmte in Danielas Gähnen ein. Norman sah die beiden Frauen an und lachte. „Na, macht ihr schlapp?", fragte er. Daniela gab ihm einen dicken Kuss. Sie schob sich an ihm vorbei und schaute sich um. Wo ist denn die Bar? Am besten orientiere ich mich an den Massen. Sie grinste. Sie wandte sich zum Gehen. „Ich gehe auch mal. Ich habe Durst." Sie ging zur

Bar und Ellen folgte ihr.

„Möchtest du auch einen Sekt?", fragte sie ihre Nachbarin. Sie nickte zustimmend. „Gerne, Liebes. Ich muss was für meinen Kreislauf tun."

Daniela bestellte zwei Gläser und reichte ihr eines. Sie stießen an und tranken einen Schluck. „War eine schöne Feier", sagte Ellen und lächelte. „Emma sah sehr stolz und glücklich aus." Sie schaute sich um.

„Ach herrje", sagte Daniela, „jetzt habe ich Norman gar nicht gefragt, ob er auch etwas trinken will."

„Ich nehme ein Bier, bitte", ertönte eine Stimme hinter ihr. „Meine Frau lässt mich verdursten."

Daniela drehte sich um und sah ihren Mann an, der sie anlächelte. „War nicht so gemeint", sagte er und gab ihr einen Kuss auf die Wange.

Unter ohrenbetäubendem Gekreische kamen die Kinder aus der Schule gestürmt. Daniela, Ellen und Norman warteten auf dem Schulhof auf Emma. Mit einem Blatt in der einen Hand und der Zuckertüte in der anderen, kam sie freudestrahlend auf sie zugerannt. Sie grinste breit. Sie reichte Daniela die Zuckertüte und drückte sich fest an Ellen. „Was hast du denn da Schönes?", fragte Ellen. „Zeig mal." Sie nahm Emma das Blatt aus der Hand und überflog es. Sie spitzte die Lippen. „Da habt ihr eine Menge vor. Genieße noch das Wochenende. Am Montag geht es los." Ellen streichelte Emma über den Kopf. „Freust du dich?" Sie reichte Daniela das Blatt Papier. „Schau mal. Der Stundenplan deiner Tochter." Sie grinste. „Der ist richtig vollgepackt. Langeweile kommt da bestimmt nicht auf." Sie rückte Emmas Ranzen zurecht. „Der ist aber ganz schön schwer. Hast du da Steine drin?" Sie prustete, als sie ihn anhob. „Heutzutage möchte ich kein Schüler mehr sein. Zu meiner Zeit hatten wir nur ein Heft und ein paar Stifte." Sie lachte.

„Meine Klassenlehrerin ist ganz nett", versuchte Emma das Thema zu wechseln. „Wir dürfen sie Melissa nennen, hat sie gesagt. Ich glaube, ich werde gerne in die Schule gehen." Nach einer kurzen Pause fuhr sie fort. „Und jetzt habe ich Hunger. Gehen wir?" Sie rannte los und die drei folgten ihr.

„Nicht so schnell", rief Norman hinter ihr her. „Pass auf. Hier fahren Autos."

Als sie an die Kreuzung kamen, nahm Daniela ihre Tochter zur Seite und erklärte ihr, dass sie immer erst nach rechts und links gucken sollte. Wenn kein Auto kommt, dann könne sie schnell über die Straße.

Emma tat, was ihr erklärt wurde und rannte dann los.

Keiner bemerkte den schwarzen SUV mit den getönten Scheiben, der im Schatten eines Baumes stand und den Motor startete. „Ich werde dich kriegen", sagte Frank und lachte. „Die Zeit wird kommen."

6. Kapitel

Daniela stand in der Küche und bereitete Emmas Pausenbrote vor. Zwei Wochen sind seit der Einschulung vergangen. Jeden Morgen brachte sie ihre Tochter zur Schule und holte sie auch wieder ab. Sie schaute auf die Uhr. Fünf vor sieben. Um halb acht müssen sie da sein. Sie packte die Brote ein.

„Emma", rief sie nach oben. „Wir müssen gleich los. Beeil dich."

Kurz darauf kam die Tochter polternd die Treppe heruntergerannt. „Ich bin fertig, Mama." Sie schnappte sich ihre Pausenbrote vom Küchentresen und steckte sie in den Ranzen. Ihn lässig über die Schulter geworfen, sagte sie: „Wir können los", und stiefelte zur Haustür. „Ach halt. Ich habe ja noch was vergessen." Sie öffnete den Kühlschrank und holte eine Milchschntte heraus. Sie öffnete das Papier und biss genussvoll ein großes Stück ab. Seitdem sie in der Schule ist, frühstückt sie morgens gar nicht mehr. Daniela seufzte. Sie konnte es sich nicht erklären, warum es so war. Sie schüttelte den Kopf, als sie ihrer Tochter hinterher sah. Nein, so geht es nicht. Sie folgte Emma in den Flur.

Gerade als Emma die Tür öffnen wollte, hielt Daniela sie zurück. Sie drehte sich um und sah ihre Mutter mit großen Augen fragend an. „Was ist denn jetzt schon wieder?", stöhnte sie.

„So gehst du mir nicht los, Kleines", sagte Daniela streng.

„Ach Mama. Alle gehen so."

„Aber du bist nicht *alle*." Sie setzte Emma den Ranzen ordentlich auf. „So kannst du gehen."

Emma öffnete seufzend die Tür und rannte los.

„Warte", rief Daniela hinter ihr her. Sie zog die Tür zu und ging eiligen Schrittes zu ihrer Tochter, die am Zaun wartete.

Vor der Schule gab sie Emma einen Kuss. „Ich hole dich heute Mittag wieder ab. Ich warte dann hier." Sie winkte ihrer Tochter zu, als diese im Gebäude verschwand.

Daniela ging nach Hause und frühstückte mit ihrem Mann. Nachdem er sich verabschiedet hatte und vom Hof gefahren war, schaute sie auf die Uhr. Neun Uhr. In einer Stunde muss sie beim Gynäkologen sein. Sie ging ins Badezimmer und machte sich zurecht. Sie summte ein kleines Lied und kämmte sich die Haare.

Ihre Handtasche über die Schulter geworfen, eilte sie zum Bahnhof. Sie stieg in die Bahn und suchte sich einen freien Platz. Entspannt sah sie aus dem Fenster.

Nach zwanzig Minuten stieg sie wieder aus und ging zur Praxis. Sie öffnete die Tür und trat an den Anmeldetresen. „Huthman", sagte sie. „Ich habe um halb elf einen Termin."

Die Arzthelferin nickte und bat Daniela noch ein wenig im Wartezimmer Platz zu nehmen. Daniela sah sich im Zimmer um und suchte sich einen freien Platz. Sie schaute auf die Uhr. Hoffentlich schaffe ich es noch rechtzeitig, Emma von der Schule abzuholen. Sie seufzte. Jedes Mal muss man hier länger warten. Ein ungutes Gefühl beschlich sie. Emma geht auf keinen Fall alleine nach Hause. Das wollte sie nicht. Sie konnte die Eltern nicht verstehen, die ihre Kinder alleine gehen lassen. Es laufen eine Menge Idioten rum. Und wenn was passiert, dann ist das Geschrei immer groß. Nein, ihrer Tochter passiert sowas nicht. Sie versuchte, die Gedanken zu verscheuchen. Eine nach der anderen wurde aufgerufen und in Daniela flammte so etwas wie Hoffnung auf. Ein erneuter Blick auf die Uhr ließ sie zusammenzucken. Kurz vor halb elf. Jetzt müsste sie gleich dran sein. Sie lehnte sich zurück und gähnte. Warum geht es nicht weiter? Sie stand auf und ging zur Tür. Aufgeregtes Stimmengewirr drang aus dem Vorzimmer zu ihr. Was ist da los? Sie steckte vorsichtig ihren Kopf hervor. „Was sage ich ihr?" „Die Wahrheit. Sie wird es bestimmt verstehen." „Dann werde ich mal. Bis später." Bis später? War das der Arzt? Daniela eilte zu ihrem Platz zurück und setzte sich. Ihr Herz pochte. Nervös sah sie auf ihre Uhr. Zehn vor elf. Etwas stimmt hier nicht. Nervös wippte sie mit dem Fuß. Das darf doch jetzt nicht alles wahr sein.

Ihre Handtasche legte sie sich auf den Schoss und griff zu einer Zeitschrift von dem kleinem Beistelltischchen. Sie blätterte sie schnell durch. Seufzend legte sie sie wieder weg und sah aus dem Fenster.

„Frau Huthman?" Die Schwester steckte den Kopf ins Wartezimmer. Daniela sprang auf. Die Schwester kam auf sie zu und lächelte sie an.

„Ja?"

„Leider ist ein Notfall dazwischen gekommen. Der Herr Doktor muss schnell ins Krankenhaus. In einer Stunde ist er aber wieder da. Möchten sie so lange warten?" Sie sah Daniela fragend an. „Oder möchten sie einen neuen Termin? Das wäre kein Problem. Sie können es sich gerne überlegen. Ich bin vorne." Die Schwester lächelte sie an und verließ das Zimmer. Das darf doch jetzt alles nicht wahr sein. Daniela fluchte innerlich. Was mache ich jetzt? Sie seufzte und setzte sich wieder. In Gedanken versunken schaute sie aus dem Fenster. Sie biss sich auf die Unterlippe. Was mache ich jetzt? Sie strich sich durch die Haare.

Ein neuer Termin? Nein. Auf diesen hier hat sie schon über drei Monate warten müssen. Sie sah auf das Display ihres Handys. Sie stand auf und ging zur Anmeldung.

„Nein, schon gut. Ich warte", antwortete sie. „Ich muss nur mal kurz einen Anruf erledigen." Sie zückte ihr Handy.

„Kein Problem", sagte die Arzthelferin und wandte sich wieder ihrer Arbeit zu. Daniela wählte die Nummer ihrer Nachbarin. Hoffentlich ist sie zu Hause. Was ist heute für ein Tag? Montag? Dann müsste sie eigentlich da sein. Ihre Walkinggruppe ist dienstags. Danielas Herz klopfte vor Aufregung. Bitte sei da. Sie schaute zur

Decke. Warum geht sie nicht ran? Hat sie ihr Hörgerät wieder nicht drin? Daniela stöhnte. Nun mach schon. Nimm ab!

Nach mehreren Freizeichen nahm Ellen am anderen Ende ab. „Ich bin es", sagte Daniela, ohne Ellen zu Wort kommen zu lassen. „Ich brauche deine Hilfe." Sie lauschte.

„Was gibt es denn Liebes?", fragte Ellen. „Was kann ich für dich tun?"

„Ich sitze noch beim Arzt. Er musste zu einem Notfall ins Krankenhaus und ist erst in einer Stunde wieder da. Ich warte so lange, kann dann halt nur Emma nicht abholen. Kannst du das für mich übernehmen?"

„Aber natürlich, Liebes. Wann hat sie denn Schule aus?"

„Um halb eins."

„Ich hole sie ab und nehme sie mit zu mir. Melde dich, wenn du wieder zu Hause bist, und mache dir keinen Stress."

„Ich danke dir."

7. Kapitel

Ellen legte auf. Sie öffnete ihren Kühlschrank und warf einen Blick hinein. „Was koche ich nur bloß?",murmelte sie. „Nudeln wären genau das Richtige. Essen Kinder doch immer so gerne." Sie nickte sich selbst zustimmend. „Das ist eine gute Idee."

Sie öffnete ihren Küchenschrank und stellte fest, dass Nudeln nicht mehr im Haus waren. Sie zog sich um, schlüpfte in ihre Pumps und eilte zum nächstgelegenen Supermarkt. Sie schaute auf ihre Armbanduhr. Zwölf Uhr. Jetzt wird es aber langsam Zeit.

Als sie wieder zu Hause ankam, packte sie den Einkauf weg. Sie schaute auf die antike Küchenuhr. Wie die Zeit vergeht. Gerade als sie die Haustür öffnen wollte, klingelte das Telefon. „Oh nein", stöhnte sie.

Wer ist das denn jetzt? Abnehmen oder nicht?

Sie entschied sich fürs Abnehmen. Hoffentlich dauert es nicht allzu lange. Wer es auch immer sein mag – ich wimmel ihn ab. „Hallo?" Sie wartete auf eine Antwort. „Wer ist denn da?"

Gerade als sie wieder auflegen wollte, fing ihre Freundin Erika an zu erzählen. „Hallo Ellen. Du glaubst nicht, was mir gerade passiert ist." Und schon flossen die Worte aus ihr heraus. „Was sagst du dazu? Du sagst ja gar nichts."

Ellen verdrehte die Augen. Das kann dauern. Sie setzte sich an den Küchentisch und lauschte den Sorgen von Erika. Immer wieder fiel ihr Blick auf die Uhr.

„Du, Erika, sei mir nicht böse. Aber ..."

Ellen kam einfach nicht zu Wort und auflegen wollte sie nicht. Das empfand sie als unhöflich. Sie sah auf die Uhr. Fünf vor halb eins. So langsam muss sie sich sputen. Emma wartet bestimmt schon.

Um halb eins klingelte die Schulglocke

und die Kinder stürmten aus dem Gebäude. Emma blieb auf dem Hof stehen und blickte sich um. Wo steht nur ihre Mutter? Sie drehte sich langsam im Kreis.

„Na, Emma. Suchst du jemanden?", fragte eine Stimme hinter ihr.

Ihre Klassenlehrerin Melissa Riegmeier schaute sie fragend an. Ihre schwarzen, langen Haare wehten im Wind. Immer wieder musste sie sie hinter ihr Ohr klemmen. Sie lächelte Emma an. Wie schön sie aussieht, dachte Emma. Ich mag sie einfach gerne. Betroffen schaute Emma zu Boden und zuckte mit den Schultern. Das ist noch nie passiert. Mama holt mich doch immer ab. Wo ist sie nur? Ihre Augen füllten sich mit Tränen. Melissa legte einen Arm um sie und drückte sie fest an sich. Emma fing an zu schluchzen und wischte sich ihre Tränen weg.

„Suchst du deine Mama?" Sie hockte sich vor ihr hin.

Emma nickte. „Ja, aber ich kann sie nirgendwo entdecken." Sie schaute ihre

Lehrerin an. „Vielleicht kommt sie bald. Ich hoffe nur, dass sie mich nicht vergessen hat oder das etwas Schlimmes passiert ist." Sie seufzte tief.

„Das denke ich nicht. Ihr ist vielleicht etwas dazwischengekommen. Warte noch einen Moment, ja?" Sie lächelte Emma an. „Sie kommt bestimmt gleich. Mach dir keine Sorgen." Sie streichelte Emma über den Kopf. „Es wird alles gut. Glaub mir." Melissa erhob sich. „Wir sehen uns morgen. Bis dann." Sie strich Emma über den Kopf und eilte wieder in die Schule.

Emma setzte sich auf die Treppe und stützte ihren Kopf in den Händen ab. Schmollend guckte sie auf den Boden.

Sie blickte auf die Uhr, die Ellen ihr zur Einschulung geschenkt hatte. Viertel vor eins. Immer noch keiner da. Was macht sie jetzt nur? Ob sie einfach alleine losgeht? Unterwegs trifft sie mit Sicherheit ihre Mutter, die dann schon auf sie zugerannt kommt und ihr alles zum Essen kocht, was sie will. Nur um ihr schlechtes Gewissen zu beruhigen. Sie grinste. Dann würde sie sich Nudeln wünschen.

Emma stand auf und klopfte sich die Hose ab. Hoch erhobenen Hauptes verließ sie das Schulgelände. Sie summte ein kleines Lied und sprang fröhlich die Straße entlang. Immer wieder drehte sie sich um, um zu sehen, ob ihre Mutter doch nicht hinter ihr ist.

Als sie auf die Straße abbog, fuhr ein schwarzer Wagen mit getönten Scheiben an ihr vorbei. Ohne Notiz von ihm zu nehmen, setzte sie ihren Weg fort. Das Auto bog an der Kreuzung ab und wendete vor einer Hofeinfahrt. Der Motor heulte auf. Aber warum fuhr es nicht? Frank setzte sich seine Brille auf.

Emma guckte von links nach rechts, so wie ihre Mutter es ihr am Einschulungstag gezeigt hatte und betrat die Fahrbahn. Mama wird stolz auf mich sein, dachte sie. Schließlich bin ich schon groß.

Der Wagen raste los.

Kurz darauf bremste Frank ab. Emma

knallte auf den Asphalt und blieb reglos liegen. Wunderbar! Genauso hatte er es sich vorgestellt. Freudig klatschte er in die Hände. Jetzt muss alles ganz schnell gehen.

Frank stieg aus. Er richtete sich die Krawatte und sah sich um. Vorsichtig hob er Emma hoch und legte sie auf den Rücksitz.

„Hey, was machen sie denn da?", rief eine junge Frau, die das ganze Geschehen beobachtete. Sie lief auf ihn zu, das Handy in der Hand. „Ich rufe die Polizei."

„Das glaube ich nicht", brummte er. Langsam griff er in seine Jackeninnentasche und holte eine Waffe hervor.

Zischend flog die Kugel aus dem Lauf. Frank sah sich um.

Die junge Frau sank zu Boden.

Blut trat aus ihrer Herzgegend aus und färbte das T-Shirt dunkelrot. Erschrocken sah sie ihn an und sank zu Boden. Kurz darauf färbte ihr Blut die Straße rot.

Er schraubte den Schalldämpfer ab und steckte die Waffe wieder ein. Dann stieg er ins Auto, ließ den Motor an und raste davon.

8. Kapitel

Nachdem Erika sich von Ellen verabschiedet hatte, legte sie auf. Ein Blick auf die Uhr ließ sie zusammenzucken. Viertel nach eins. Ach du meine Güte, die Kleine wartet bestimmt schon, schoss es ihr durch den Kopf. Nicht das sie denkt, man hätte sie vergessen.

Sie zog ihre Pumps aus und schlüpfte in ihre Turnschuhe. Jetzt musste es schnell gehen. Sie griff den Haustürschlüssel von der Kommode und eilte mit großen Schritten los. An der Kreuzung sah sie Polizei und einen Krankenwagen. Eine Person wurde abgedeckt in den Wagen geschoben. Ach du lieber Gott. Was ist denn hier passiert? Ellen bemerkte einen Blutfleck auf der Fahrbahn. Nein, hier geht sie mit Emma nicht lang. Sie nimmt mit ihr einen Umweg. Sie wollte nicht, dass die Kleine das sehen muss.

Auf dem Schulhof blieb sie stehen und sah sich um. Keiner zu sehen. Sie betrat die Schule und ging langsam den Flur entlang.

„Kann ich ihnen helfen?", fragte eine freundliche Stimme.

Ellen drehte sich um. „Ja, ich suche Emma Huthman. Meine Nachbarstochter. Ich wollte sie abholen. Ihre Mutter ist beim Arzt aufgehalten worden." Sie musterte die junge Frau von oben nach unten. Wie sieht die denn aus? Ellen biss sich auf die Zunge.

„Sitzt sie nicht draußen? Sie wollte warten."

Ellen schüttelte den Kopf. „Nein, draußen habe ich keinen gesehen." Sie sah die junge Frau fragend an. „Ist sie eventuell ...". Ellen brach ab.

„Vielleicht ist sie alleine losgegangen. Kam sie ihnen nicht entgegen?" Melissa sah sie fragend an. „Hier im Gebäude ist sie nicht. Ich habe sie das letzte Mal draußen gesehen." Sie sah Ellen lächelnd an. „Tut mir leid." Sie drehte sich um.

„Ich danke ihnen", sagte Ellen und verließ das Gebäude. „Emma, wo bist du? Wie soll ich dir deiner Mutter das beibringen?", murmelte sie. Besorgt ging sie langsam nach Hause.

9. Kapitel

Frank Heldthaar bog auf einen Innenhof ab und stellte das Auto auf dem Parkplatz ab. Er stieg aus und holte Emma vom Rücksitz.

Behutsam trug er sie in ein stillgelegtes Fabrikgebäude und fuhr mit dem Lift in das obere Stockwerk. Dort schloss er eine schwere, graue Stahltür auf und betrat ein Loft. Durch die hohen Fenster war der Raum hell und freundlich. Der alte Dielenboden knarrte bei jedem Schritt. Ein weißes Sofa aus Leder stand vor dem Kamin. Vor der Couch stand auf einem Bärenfell ein kleiner, runder Glastisch. Die offene Küche befand sich auf der linken Seite. Statuen aus Bronze zierten den Kaminsims. Mittig im Raum hing ein goldener Kronleuchter. Am Fenster in der hinteren Ecke stand ein Schreibtisch. An dem wickelte Darius stets seine Geschäfte ab. Wie

Frank, trug er eine Sonnenbrille. Um seinen Hals hang eine goldene Kette, die schwer wirkte. An jedem Finger prangte jeweils ein opulenter Ring. Er blickte von seinem Laptop auf. Freudig klatschte er in die Hände. Er grinste so breit, dass sein goldener Eckzahn zum Vorschein kam. Er beugte sich vor. „Hast du sie?" Er schielte über seine Brille hinweg und lachte. Darius stand auf und kam langsam auf Frank zu. „Ja, wunderbar. Leg sie aufs Sofa."

Frank legte Emma wortlos auf die Couch und entfernte sich.

Darius setzte sich auf die Lehne und sah sie lächelnd an. Er strich ihr durch das Haar und begutachtete ihre Stirn. Aus einer kleinen Wunde floss Blut. Er stand auf und holte aus dem Badezimmer einen Erste-Hilfe-Koffer. Er klebte ein Pflaster auf die verletzte Stelle.

Emma öffnete langsam die Augen. „Wo bin ich?", flüsterte sie. Verdutzt sah sie sich um.

„Du hattest einen Unfall. Es wird alles

wieder gut." Er streichelte Emma übers Gesicht. „Jetzt bist du in guten Händen." Nach einer Pause fuhr er fort. „Du wurdest angefahren. Und dieser böse Mann ist einfach weitergefahren und hat dich liegen lassen. Frank, mein Assistent, hat dich zu mir gebracht. Ich bin Arzt, weißt du? Ich kann dir helfen." Er lächelte Emma an. „Aber jetzt musst du dich erstmal ausruhen." Er musterte sie von oben bis unten. Wie schön sie aussah. Er holte tief Luft. Er stand auf und ging langsam um das Sofa herum. Wie ein Adler seine Beute beobachtet, starrte er Emma an. Er grinste.

Emma wollte aufstehen, aber es drehte sich alles vor ihr. Sie legte ihren Kopf wieder auf das Kissen. „Oh Mann", stöhnte sie.

Darius setzte sich neben sie. „Bleib ruhig liegen. Du musst dich ausruhen. Hast du irgendwelche Schmerzen?" Er tastete ihren Körper langsam ab. „Tut es hier weh ... oder da?" Sein Atem beschleunigte sich. „Oder ...", seine Hände wanderten tiefer, „...hier?" Wie weich ihre Haut ist. Sein Herz schlug wild in seiner Brust.

Emma schüttelte den Kopf. „Nein. Mir tut nichts weh."

„Sehr gut", sagte er.

„Wo ist meine Mama?", fragte sie. Tränen schossen ihr in die Augen.

„Soll ich sie mal anrufen?"

Emma nickte. „Das wäre toll. Sie macht sich bestimmt schon Sorgen."

Darius ging zu dem Schreibtisch und nahm den Hörer ab. Er wählte die Nummer der Zeitansage und lauschte. Nach einiger Zeit legte er wieder auf. „Leider keiner da." Er sah Emma traurig an. „Ich versuche es später noch einmal, ok?"

„Ja, ist in Ordnung. Mein Arm tut mir weh."

Darius hockte sich neben sie. „Welcher denn?"

„Der hier." Sie zeigte auf den rechten Arm.

„Wo tut er denn weh?" Vorsichtig tastete er ihn ab. Am Ellbogen verzog Emma das Gesicht. Er sah sie fragend an.

„Autsch. Genau da."

„Ach herrje. Weißt du was? Ich baue dir eine Schlinge. Das entlastet den Arm und er kann sich ausruhen. Ja?" Er sah sie freudig an.

Emma nickte. „Mach das."

Darius schlang einen langen Schal um ihren Hals und verknotete ihn. Dann führte er behutsam Emmas Arm in die Schlinge. „So fertig. Sieht cool aus. Das hat kein anderes Kind. Nur du."

Emma grinste breit, so dass ihre Zahnlücke zum Vorschein kam.

„Oh, war die Zahnfee bei dir?"

Emma schüttelte den Kopf. „Die gibt es doch gar nicht."

„Was?" Darius sah sie ungläubig an. „Natürlich gibt es die." Er sah sie enttäuscht an.

Emma lachte. „Du lügst. Die Zahnfee gibt es nicht."

„Wetten doch?" Er lachte.

„Und warum hat sie mir nichts gebracht?"

„Hast du den Zahn denn unter dein Kopfkissen getan?" Er zog eine Augenbraue hoch. „Das sollte man schon tun."

„Nein." Emma schüttelte den Kopf.

„Siehst du. Deswegen hat sie dir nichts geschenkt."

Emma sah Darius traurig an. „Chance verpasst." Sie ließ sich seufzend in die Kissen sinken. „Beim nächsten Mal vielleicht." Sie starrte an die Decke.

Er schüttelte den Kopf. „Nein, das glaube ich nicht. Weißt du was? Ich kenne die Zahnfee persönlich. Ich habe eine Idee."

Emma sah ihn aufgeregt an. „Was denn für eine?"

„Frank", rief Darius.

Der Assistent trat ein und blieb an der Tür stehen.

„Kannst du bitte mal zur Zahnfee fahren und das Geschenk für Emma abholen? Sie hat leider ihren Zahn damals nicht unter ihr Kopfkissen getan. Die Fee hat sie bestimmt vergessen." Darius ging zu ihm und flüsterte ihm etwas ins Ohr. „Ja, machst du das?" Er grinste Frank an.

Frank lächelte verschmitzt und nickte. Wortlos verließ er das Loft.

„So, das wäre erledigt." Darius lächelte Emma an. „Worauf hast du jetzt Lust? Was kann ich für dich tun?"

„Ich habe Hunger."

„Das ist ein gutes Zeichen. Pizza?" Er sah sie lachend an.

„Ja". Emma hob ihren gesunden Arm in die Höhe.

Darius ging zum Telefon und bestellte zwei Pizzen Salami beim Lieferdienst um die Ecke. „Kommt gleich", sagte er zu Emma, nachdem er aufgelegt hatte. „Bei denen geht es immer schnell." Er streckte sich. „So langsam kriege ich auch Hunger." Er streichelte sich über seinen Bauch. „Hörst du ihn knurren?" Emma lachte und schüttelte den Kopf.

Kurze Zeit später klopfte es an der Tür.

Darius nahm die Bestellung entgegen und bezahlte den Lieferjungen. Dann stellte er sie auf dem Glastisch ab. „Kannst du dich aufsetzen?" Er ging in die Küche. Mit dem Besteck in der Hand setzte er sich neben sie.

Emma setzte sich auf. „Ja, geht schon."

Sie aßen die Pizzen und schauten dabei eine Kindersendung im Fernsehen. Emma leckte sich alle zehn Finger ab, nachdem sie aufgegessen hatte. Darius ging in die Küche und holte ihr ein Glas Saft, das sie mit einem Zug leerte. Dann legte sie sich wieder aufs Sofa. „Jetzt geht es schon viel besser." Sie lächelte Darius an. „Dankeschön." Nach einer Pause fragte sie: „Kannst du Mama nochmal anrufen? Ich möchte nicht, dass sie sich Sorgen macht."

Frank kam mit einem großen Geschenk unter dem Arm zurück und gab es Darius. Der nickte ihm zu und wortlos verließ Frank das Loft.

„Hier ist es ja schon." Darius überreichte Emma das Geschenkpaket. „Für dich." Er grinste sie an.

„Dankeschön." Emma riss es auf und holte eine Puppe heraus. „Oh, die wollte ich schon immer haben." Sie drückte ihre neue

Errungenschaft fest an sich.

„Von der Zahnfee. Sie entschuldigt sich, dass sie dich vergessen hat." Darius stand auf.

„Danke." Nach einer Weile fragte sie: „Wie heißt du eigentlich?"

„Ich bin Darius und der finster dreinblickende Mann ist Frank, mein Assistent. Wenn du irgendwas auf dem Herzen hast, dann sag ihm oder mir einfach Bescheid, ja? Wir sind für dich da." Er drehte sich um.

„Ja", hauchte Emma. „Du bist nett. Ich mag dich."

„Das ist ja lieb von dir. Dankeschön." Er wandte sich zum Gehen. „Sei mir nicht böse, aber ich muss kurz zu Frank raus. Ich muss was mit ihm besprechen."

„Ok. Ich mache Patty solange hübsch." Sie nahm die beiliegende Haarbürste aus der Schachtel und kämmte die Haare der Puppe.

„Schön, du hast schon einen Namen für sie", sagte Darius freudig. „Ich bin gleich wieder da." Er gab ihr einen Kuss auf die

Stirn.

Frank stand mit den Händen hinterm Rücken im Treppenhaus. Darius schloss die Tür und stellte sich vor ihn hin. „Fahr ins Büro und rufe Daniela an. Sag ihr, dass wir ihre Tochter haben und dass ich mich mit ihr heute Nacht in meinem Büro treffen möchte. Allein, keine Polizei."

Frank nickte und rief den Lift. Er stieg ein und fuhr nach unten.

Mit einem teuflischen Grinsen öffnete Darius die Tür und betrat das Loft. „Ich habe Frank gesagt, dass er deine Mama nochmal anrufen soll", sagte er zu Emma. Mit einem Knall fiel die Tür ins Schloss. „Sie wird bald hier sein."

10. Kapitel

Daniela öffnete das Gartentor und ging auf das rote Backsteinhaus zu. Sie klingelte und wartete. Als keiner öffnete, ging sie ums Haus herum in den hinteren Garten. Wo ist denn Emma? Daniela sah sich um. Ist sie im Haus und macht ihre Hausaufgaben? Ellen wird es mir schon sagen. Ihr Herz klopfte wild. Warum werde ich dieses Gefühl nicht los, das etwas nicht stimmt? Sie schielte in die Küche. Keiner saß am Küchentisch. Vielleicht im Wohnzimmer? Sie holte tief Luft. Reiß dich zusammen, ermahnte sie sich. Emma wird schon da sein.

„Hallo Ellen", rief Daniela. „Ich wollte Emma abholen." Ellen drehte sich langsam um und sah sie erschrocken an. Was ist los? Warum schaut sie mich so entsetzt an? „Alles in Ordnung?", fragte Daniela. „Geht es dir nicht gut?"

„Hallo Liebes. Lass uns bitte reingehen." Ellen wischte sich die Hände an der Kittelschürze ab und ging ins Haus. Daniela folgte ihr.

„Was ist los?", fragte sie leise.

„Setz dich", sagte Ellen und wies ihr einen Stuhl am Küchentisch zu. Sie setzte sich ihr gegenüber hin und faltete die Hände. Mit einem durchdringenden Blick sah sie Daniela an. „Ich weiß nicht, wie ich es dir sagen soll. Es tut mir so unendlich leid."

Daniela beugte sich vor. „Was ist los?", fragte sie diesmal energischer. „Sag es." Sie riss ihre Augen weit auf.

Ellen holte tief Luft. „Emma ist nicht hier."

„Wie bitte?" Wie von einer Wespe gestochen, sprang sie auf. „Was soll das heißen? Wo ist sie?"

Ellen zuckte mit den Schultern. „Ich weiß es nicht, Liebes."

„Wie du weißt es nicht? Du solltest sie doch abholen."

„Das habe ich ja. Aber als ich kam, war

sie nicht mehr da."

„Was soll das heißen?" Sie sah Ellen wütend an. Dann fuhr sie fort: „Ach, ich verstehe. Ihr verarscht mich. Emma hat sich versteckt und ich soll sie suchen. Schlechter Scherz." Sie lief durch das ganze Haus. Ellen folgte ihr.

„Liebes, sie hat sich nicht versteckt. Ich sage es dir, so wie es ist."

„Lüg mich nicht an", schrie Daniela. „Ich will meine Tochter ... jetzt sofort. Emma! Komm raus, Mäuschen."

Keiner kam. Daniela schluchzte. „Das darf doch alles nicht wahr sein. Wie verantwortungslos bist du denn?" Sie stürmte zur Tür. „Ich gehe jetzt. Vielen Dank für gar nichts", zischte sie und schmiss die Haustür zu.

Ellen stand wie versteinert im Flur und sah ihr hinterher. Sie konnte Daniela gut verstehen. Genauso hatte sie damals auch reagiert, als die Polizei ihr mitteilte, dass ihre Tochter tot sei. Es ist der Alptraum jeder Mutter. Das hat sie Daniela nicht gewünscht.

Tränen stiegen ihr in die Augen. Wie kann ich dir nur helfen? Sie seufzte. Ihr Blick fiel in den Spiegel. Die dunklen Augenringe erschreckten sie. Wie damals! Sie hatte nächtelang nicht geschlafen. Essen konnte sie auch nichts. Wer auch immer ihre Tochter Manuela umgebracht hat, läuft immer noch frei herum. Warum konnte sie sie nicht beschützen? Warum konnte sie es nicht verhindern? Immer wieder hat sie auf Manuela eingeredet, sie sollte ihren Job als Prostituierte aufgeben. Es ist einfach zu gefährlich. Und was hat ihre Tochter gemacht? Nichts. Ausgelacht hat sie ihre Mutter. Und jetzt ist sie tot. Nicht mehr da. Ellen schluchzte. Sie ging ins Wohnzimmer, nahm das Foto ihrer Tochter vom Kaminsims und setzte sich in den Ohrensessel. Tränen rannen ihr übers Gesicht. „Ach Manuela", schluchzte sie, während sie über das Bild strich, „ich vermisse dich so sehr. Warum hast du nicht auf mich gehört? Dann würdest du heute noch leben." Sie weinte bitterlich und drückte das Bild fest an sich. „Ich brauche dich hier." Tränen rannen ihr übers Gesicht. „Ohne dich ist alles so sinnlos. Ich wäre gerne bei dir." Sie strich über das Foto. „Bald werde ich bei dir sein, mein Engel. Dann sind wir wieder vereint." Sie stellte das Bild wieder zurück und sah aus dem Fenster. Wo du auch bist Emma ... ich hoffe, dir geht es gut. Ellen seufzte tief. Wo bist du Emma? Es gibt doch keinen Grund, wegzulaufen. Ellen zupfte die Gardine zurecht. „Hoffentlich nimmt es ein gutes Ende", murmelte sie. Sie drehte sich um und ging wieder in den Garten. Die Sonne blendete sie. Sie setzte sich in ihren Stuhl und ließ ihren Blick über die Blumen schweifen.

Daniela versuchte, die Haustür aufzuschließen. Ihre Hände zitterten so stark, dass der Schlüssel dauernd herunterfiel. Sie setzte sich auf den Boden und lehnte sich an die Tür. Immer wieder schlug sie den Kopf gegen die Milchglasscheibe. Das ist nur ein Alptraum. Jeden Moment klingelt der Wecker und holt sie in die Realität zurück.

Doch nichts klingelte. Was ist hier los? Was passiert hier? Emma wird doch nicht entführt worden sein? Wo ist sie? Was ist passiert? Tausend Fragen schwirrten ihr im Kopf herum. Das darf doch alles nicht wahr sein. Daniela schluchzte und vergrub ihr Gesicht in den Händen. Das ist doch alles nur ein schlechter Scherz! Was mache ich nur bloß?

„Nein ... nein ... nein ... das darf doch alles nicht wahr sein", schrie sie aus vollen Kräften.

Sie kramte ihr Handy aus der Tasche und wählte eine Nummer. Sie atmete heftig, als am anderen Ende abgenommen wurde. „Ich bin es", stöhnte sie ins Telefon. „Du musst sofort nach Hause kommen, hörst du? Sofort!"

„Was ist los?", fragte Norman besorgt.

Daniela schluchzte. „Emma ist weg." Sie wischte sich die Tränen mit dem Handrücken weg.

„Wie Emma ist weg?"

„Na, sie ist weg. Nicht da. Soll ich dir das

Wort *weg* noch erklären?"

„Beruhige dich doch, Schatz", sagte Norman sanft.

„Ich soll mich beruhigen? Mein einziges Kind ist spurlos verschwunden", brüllte sie ins Telefon. „Komm sofort nach Hause. Wir müssen zur Polizei. Mach hin", zischte sie. „Es geht hier um das Leben unserer Tochter. Wenn du sie liebst, kommst du SOFORT hierher", brüllte sie. „Hast du mich verstanden?" Sie seufzte tief.

Sie legte auf und schmiss das Handy zurück in die Tasche. Männer, dachte sie, spielen immer alles herunter. „Emma." Sie vergrub ihr Gesicht in den Händen. „Wo bist du?"

Sie hob den Schlüssel auf und erhob sich. Die Hände zitterten, aber diesmal gelang es ihr, die Haustür aufzuschließen. Sie rannte in das obere Stockwerk. Energisch betrat sie Emmas Kinderzimmer und legte sich aufs Bett. Sie drückte das Kopfkissen auf ihr Gesicht und stieß einen Schrei aus. Nachdem sie sich beruhigt hatte, ging sie hinunter ins

Wohnzimmer. Sie öffnete die Kommode und kramte ein Bild von Emma heraus. Die Polizei braucht bestimmt eines für die Vermisstenanzeige. Als sie hörte, wie ein Auto auf die Einfahrt fuhr, ging sie zum Fenster und schob die Gardine ein Stück zur Seite. Sie sah, wie Norman aus dem Wagen stieg und zur Haustür rannte. Er schloss die Tür auf und stürmte ins Haus. Daniela drehte sich um. Sie stürmte auf ihn zu und warf sich in seine Arme. „Gott sei Dank bist du da", schluchzte sie.

„Was ist passiert?", fragte er außer Atem.

„Ich wollte Emma bei Ellen abholen und da hat sie mir gesagt, dass sie Emma nicht vor der Schule angetroffen hat." Tränen rannen ihr übers Gesicht. Ihre Stimme erstickte. „Sie ist einfach weg." Daniela blickte zu Boden. „Das darf alles nicht wahr sein." Sie sah ihn an.

„Wieso Ellen?", fragte Norman verwundert. „Du holst sie doch immer ab." Er sah sie fragend an.

„Beim Arzt hat es länger gedauert.

Entschuldige bitte. Also habe ich Ellen angerufen und sie gebeten, Emma abzuholen. Aber sie traf sie nicht an. Sie ist bestimmt entführt worden." Sie lehnte ihren Kopf an Normans Schulter und fing an zu weinen. Er drückte sie fest und streichelte seiner Frau über den Kopf. Wenn er sie nur beruhigen könnte. Er schaute zur Decke und holte tief Luft. Was kann er tun? Daniela sah ihn mit verheulten Augen an. „Wenn ich nur wüsste, wo sie ist. Unser kleiner Sonnenschein. Hoffentlich passiert ihr nichts schlimmes." Sie sah Norman an. „Lass uns zur Polizei fahren. Sofort." Sie ging zur Haustür. „Kommst du? Wir müssen sofort los." Sie sah ihn aufgeregt an. „Komm endlich." Norman folgte ihr langsam. „Geht es noch langsamer?", fragte sie provokativ. „Da ist eine Schnecke ja schneller." Sie klatschte in die Hände. „Hopp, hopp." Sie rannte zum Auto und stieg ein. Norman schloss die Haustür ab und setzte sich auf den Fahrersitz. Er startete den Motor und fuhr vom Hof.

11. Kapitel

Norman hatte noch nicht richtig auf dem Parkplatz vor der Wache gehalten, da riss Daniela auch schon die Beifahrertür auf und stürmte los. „Hey, warte", rief er ihr hinterher. Er stellte den Motor ab. Warum kann diese Frau nicht warten?

Er stieg aus und folgte ihr die Stufen zur Polizeiwache hinauf. Sie klingelte Sturm. Als die Tür geöffnet wurde, rannte sie an den Empfangstresen. Ein junger Mann, mit dunklem Haar und einem netten Lächeln kam auf sie zu. „Kann ich ihnen helfen?", fragte er.

Daniela knallte das Foto auf den Tresen. „Das brauchen sie", sagte sie hechelnd. „Los, an die Arbeit."

Er sah Daniela fragend an. „Was ist passiert? Können sie mir ein paar Angaben machen?" Er zückte seinen Kugelschreiber. Danielas Augen blitzten auf vor Wut. Sie schnaufte wie ein Stier, der ein rotes Tuch sieht. Was fragt er jetzt so blöd? Er soll sich lieber an die Arbeit machen und meine Tochter finden.

„Nein, ich wollte ihnen nur ein Bild meiner Tochter zeigen", schrie sie.

„Sie ist verschwunden", sagte Norman mit sanfter Stimme und legte eine Hand auf Danielas Schulter. „Komm, beruhige dich. Wir erzählen ihm alles und dann wird er es schon machen." Daniela sah ihren Mann an. Was soll das jetzt? In ihren Augen blitzte der blanke Hass auf.

„Nimm deine Hand weg", fauchte sie ihn an. „Also sie haben es gehört. Hier haben sie das Foto, was aktuell ist, und jetzt bewegen sie ihren Arsch."

„Jetzt werden sie nicht beleidigend, junge Frau." Der Polizeibeamte erhob seine Stimme. „Sonst schreibe ich eine Anzeige wegen Beamtenbeleidigung. Haben sie mich verstanden?" Nun guckte er auch nicht mehr so freundlich. Er konnte Daniela gut verstehen, aber ihr Verhalten konnte er nicht gutheißen. Viele Mütter sind außer sich, wenn ihre Kinder spurlos verschwinden, aber in den meisten Fällen tauchen die Kinder gesund und munter wieder auf. Sie soll sich einfach nur beruhigen. Er sah Norman an und nickte. „Also, was ist genau passiert?" Norman erzähle alles bis ins kleinste Detail. Der Beamte nickte und machte sich kurze Notizen. Daniela verdrehte die Augen. Nervös drippelten ihre Finger auf dem Tresen. Der Beamte sah sie streng an. „Dadurch geht es auch nicht schneller", sagte er energisch. Daniela seufzte tief. „Jetzt beruhigen sie sich doch", bat er sie. „Wir tun alles, was wir können. Aber dafür brauchen wir ein paar Informationen." Norman legte einen Arm um ihre Schulter und flüsterte ihr etwas ins Ohr. Dann wandte er sich dem Beamten wieder zu und erzählte weiter. Daniela drehte sich um. Sie konnte es einfach nicht ertragen. Aufgeregt ging sie auf und ab. Warum geht das nicht schneller? Soll ich den Männern noch ein Bier bringen? Ich könnte kotzen. Immer wieder fiel sie Norman ins Wort, was ihr einen bösen Blick des Beamten einhandelte. „Sie fliegen hier gleich raus. Haben sie mich verstanden?", sagte er erbost. „Bitte halten sie ihre Frau im Zaum", bat er Norman. „So geht es nicht." Er seufzte genervt. Daniela holte tief Luft und entschuldigte sich. Norman strich ihr über den Rücken. Das beruhigte sie eigentlich immer. „Möchten sie ein Glas Wasser?", fragte der Beamte. Daniela schüttelte den Kopf. Das ist doch jetzt ein Witz. Ob ein Glas Wasser je ein Problem gelöst hätte. Sie brach in schallendes Gelächter aus. Der Polizist sah Norman erschrocken an. Was soll das denn jetzt? Norman winkte ab. „Alles in Ordnung", sagte er. „Machen wir weiter." Er beugte sich vor. Der Beamte machte sich weitere Notizen und sah Norman immer wieder an. Daniela lehnte an der Tür und starrte zur Decke. Tränen liefen ihr über die Wangen. Warum tut keiner was? Ich könnte Amok laufen. Meine Tochter könnte mittlerweile tot sein! Sie schluchzte. Norman winkte sie zu sich heran. Sie drückte sich fest an ihn und legte ihren Kopf auf seine Schulter. Der Beamte sah sie mitleidig an. „Wir tun, was wir können. Das verspreche ich ihnen." Er lächelte sie an. „Wir werden ihre Tochter finden." Er griff nach ihrer Hand. „Ich kann sie verstehen. Ich habe selber Kinder und ich würde – glaube ich – genauso reagieren." Er lächelte sie mitfühlend an. „Vertrauen sie uns bitte." Daniela nickte seufzend. Sie wischte sich mit dem Handrücken die Tränen weg. Der Beamte reichte ihr ein Taschentuch. Sie nahm es dankend entgegen und schnaubte sich die Nase. „Danke", säuselte sie. „Tut mir leid, dass ich vorhin so ungehalten war." Sie seufzte tief. „Emma ist mein einziges Kind, wissen sie?" Sie sah den Polizisten mit tränenerfüllten Augen an. Dieser nickte zustimmend. „Ich verstehe sie. Und wir werden alles tun, um ihre Tochter wieder nach Hause zu bringen." Er beugte sich vor. „Wir schaffen das." Er streichelte ihre Hand. Daniela lief es eiskalt den Rücken herunter.

Erschrocken zog sie ihre Hand zurück. Was sollte das? Steckt er eventuell da mit drin? Und Norman? Er auch? Sie sah ihren Mann an. Haben beide meine Tochter entführt? Kann ich beiden überhaupt vertrauen? Norman ist auffällig ruhig. Zu sehr entspannt. Liegt es vielleicht daran, dass er weiß, wo Emma ist? Und der Beamte ebenso? Womöglich sitzt Emma unten in einer Zelle. Daniela sah sich um. Ihr Herz klopfte. Die Stimmen drangen dumpf an ihr Ohr. Nein, das darf alles nicht wahr sein. Und Ellen? Weiß sie mehr, als sie mir erzählte? Ihre Hände wurden feucht. Das ist ein Alptraum. Was wollt ihr von Emma?, schrie sie innerlich. Gebt mir sofort meine Tochter zurück! Norman rüttelte sie. „Komm zu dir", schrie er sie an. Sie spürte ein Brennen auf ihrer Wange. Hat ihr Mann sie etwa ...? Sie sah ihn erschrocken an. „Tut mir leid", sagte Norman. „Du warst gerade nicht du selbst." Daniela rieb sich die Wange.

Der Polizist ging zu einem Schreibtisch und kam mit einem Formular wieder zurück.

„Füllen sie das bitte einmal aus", bat er Daniela. Sie sah ihn mit hasserfüllten Augen an. „Bitte", sagte der Beamte mit sanfter Stimme. „Sonst können wir nichts tun. Verstehen sie das?" Er beugte sich vor. „Ich will ihnen helfen, bin aber auch auf ihre Hilfe angewiesen. Bitte." Daniela schluchzte. Was denn noch alles? Diese Bürokratie kotzt mich an. Sie nahm das Formular und reichte es Norman. „Bitte mach du das. Ich kann nicht." Sie setzte sich auf eine hölzerne Bank, die schon ziemlich verschlissen aussah.

Nachdem Norman das Formular ausgefüllt und der Beamte das Bild drangetackert hatte, verließen sie die Wache. Daniela schloss die Tür hinter sich und sah zu Boden. „Die werden nichts machen", zischte sie. „Es bleibt wie immer alles an mir hängen." Norman nahm ihre Hand. „Komm, fahren wir nach Hause." Sie stieß seine Hand weg. „Fass mich nicht an."

Als sie im Auto saßen, fing Daniela wieder an zu weinen. „Das ist so unwirklich. Warum wir?" Sie sah ihren Mann

hilfesuchend an. „Warum unsere Emma?"
Sie holte tief Luft. „Wir haben nie jemandem
was getan. Ich verstehe das nicht." Sie
kurbelte das Fenster herunter. Der
Fahrtwind blies ihr ins Gesicht und ließ die
Haare wehen. Emma wo bist du? Bitte komm
zurück. Der Wind trocknete ihre Tränen.
Warum weckt mich keiner aus diesem
Alptraum auf? Und warum bleibt Norman
so ruhig? Kann ich ihm vertrauen? Zu
diesem Zeitpunkt ahnte sie nicht, dass sie
sich die Frage noch öfter stellen würde. Sie
kurbelte das Fenster wieder hoch und stellte
das Radio an. Ich werde Emma finden,
schwor sie sich.

Als Norman das Auto auf die Einfahrt
lenkte, schnallte sich Daniela ab. Sie öffnete
die Tür und schaute ihn an. „Kommst du
nicht mit rein?", fragte sie verwundert, da er
nicht den Motor abstellte.

Norman schüttelte mit dem Kopf. „Nein,
Schatz. Ich muss noch ins Büro. Tut mir leid.
Ich muss noch einiges für München
vorbereiten."

Bitte? Noch ins Büro und für München was vorbereiten? Denkt er jetzt wirklich nur an die Arbeit? Die Gedanken schwirrten wie wild in ihrem Kopf. Sie konnte nicht mehr klar denken. „Ist das dein Ernst?", fragte sie energisch. „Meine Tochter ist entführt worden. Weiß der Teufel, wo sie steckt und ob es ihr gut geht. Und du willst jetzt ins Büro?"

„Sie ist auch meine Tochter", brüllte Norman. Er atmete tief durch. „Entschuldige Schatz. Aber du musst mich auch verstehen. Du willst doch auch ein Dach über dem Kopf und was zu essen auf dem Tisch. Oder nicht?"

Ohne ihm eines Blickes zu würdigen, stieg Daniela aus dem Auto und knallte die Tür zu. Wütend stapfte sie zur Haustür und sah ihm nach, wie er um die Ecke bog.

12. Kapitel

Das warme Wasser lief über Danielas Körper. Sie stützte sich mit den Händen an der Wand ab und sah zu, wie das Leitungswasser wieder im Abfluss verschwand. So mit ist der Kreislauf geschlossen, dachte sie. Ihr Herz wurde schwer und sie schluchzte. Warum lässt ihr Mann sie jetzt alleine?

Es klingelte an der Tür. Emma, schoss es ihr umgehend in die Gedanken. Sie stolperte aus der Dusche und schmiss sich ihren Morgenmantel über. Hastig rannte sie die Treppe herunter und riss die Tür auf. „Du bist da", rief sie freudig.

„Ich wollte dir Beistand leisten, Liebes", sagte Ellen traurig. „Du solltest jetzt nicht alleine sein. Norman nicht da?"

Daniela schüttelte den Kopf. „Nein",

hauchte sie. „Er musste nochmal ins Büro und etwas vorbereiten." Sie wischte sich mit dem Handrücken die Nase ab. „Bist du mir nicht böse?"

Wortlos nahm Ellen sie in den Arm. „Ach Liebes. Warum sollte ich? Glaub mir ... ich kann dich gut verstehen. Mir ging es damals genauso, als ich vom Tod von Manuela erfuhr. Ich wollte es auch nicht wahrhaben." Sie streichelte ihr den Rücken. „Weißt du was? Ich mache uns erstmal einen Tee." Sie schob sich an Daniela vorbei.

„Ja, komm doch rein. Entschuldige bitte." Sie trottete Ellen hinterher. „Aber den Tee kann ich auch machen." Sie sah Ellen an.

„Nein, du machst jetzt nichts. Nur hinsetzen. Den Rest erledige ich."

„Dankeschön." Daniela setzte sich an den Küchentresen und vergrub ihr Gesicht in den Händen. Sie schluchzte fürchterlich. „Das ist doch ein Alptraum und ich wache gleich auf", flüsterte sie. „Wenn ich nur wüsste, wo du bist."

Ellen drehte sich um und kam mit zwei

Tassen dampfenden Tees an den Tresen. Eine stellte sie vor Daniela ab und trank vorsichtig einen Schluck. „Was hast du gesagt, Liebes?" Sie sah sie fragend an.

„Ach nichts." Daniela winkte ab. Sie nahm die Tasse und pustete. Schlürfend nahm sie einen Schluck.

„Was muss denn Norman noch vorbereiten?", fragte Ellen nach einer Weile. Sie stellte die Tasse ab und verschränkte die Arme vor der Brust.

„Irgendwas für München. Da hat er einen Großauftrag bekommen." Daniela verdrehte die Augen. „Immer nur seine Arbeit. Wir haben hier momentan genug Probleme." Eine immense Wut stieg in ihr auf. „Der hat echt die Nerven, mich alleine zu lassen. Jetzt! Wo ich ihn dringend brauche. Von mir aus, kann er gleich wegbleiben. Wir sind ihm ja anscheinend egal." Sie seufzte enttäuscht. „Das ist alles so unfair." Sie fuhr sich durch die Haare und holte tief Luft.

„Das ist jetzt aber nicht fair", setzte Ellen

ein. „Du musst ihn auch verstehen." Nach einer Weile fuhr sie fort. „Schau mal ... jetzt wo er den Auftrag an Land gezogen hat, habt ihr doch ausgesorgt. Das ist doch wunderbar."

„Du hast ja Recht." Sie streckte ihren Arm aus und griff nach Ellens Hand. „Tut mir leid, dass ich vorhin so unfair zu dir war."

Ellen tätschelte ihren Arm. „Ist schon gut. Ich bin dir nicht böse."

„Ach Ellen. Du bist wie eine Mutter zu mir, die ich nie hatte. Ich weiß gar nicht, wie ich das wieder gutmachen soll" sagte sie.

Ellen schüttelte energisch den Kopf. „Da gibt es nichts wieder gutzumachen. Liebes, vergiss nicht. Du steckst in einer Ausnahmesituation. Da reagiert man halt etwas ungehalten. Du musst dich für nichts entschuldigen." Sie ging um den Tresen herum und drückte Daniela fest an sich. „Ich habe dich lieb." Sie gab ihr einen Kuss auf den Kopf. „Du bist für mich so etwas wie eine Ersatztochter." Sie streichelte ihr über den Kopf. „Du weißt, dass du immer auf mich zählen kannst." Wie kann ich dir nur helfen? Aber ich fürchte, da musst du alleine durch. Ich kann nur für dich da sein. Mehr kann ich leider nicht machen.

Daniela schaute Ellen mit traurigen Augen an. „Ich bin gerne eine Ersatztochter für dich." Sie gab ihr einen Kuss auf die Wange. „Danke für alles." Sie wischte sich über das Gesicht.

Seufzend stand sie auf und ging zum Kühlschrank. „Hast du Hunger?", fragte sie, während sie einen Blick hinein warf.

„Nein, Liebes. Ich habe keinen Hunger." Sie ging auf Daniela zu.

Daniela schloss den Kühlschrank und drehte sich um. Sie legte den Kopf auf Ellens Schulter und ließ ihren Tränen freien Lauf. Das tat so gut, sich anzulehnen. Gerade jetzt. In ihrer dunkelsten Stunde ihres Lebens. So geweint hatte sie nicht mal, als die Todesnachricht ihrer Mutter kam. Sie wurde mit einer Nadel in ihrem Arm in ihrer Wohnung gefunden. Da war sie allerdings schon zwei Wochen tot. Sie fühlte sich befreit. War das richtig? Schließlich hatte ihre Mutter sie zur Welt gebracht und groß gezogen. Anstatt zu trauern, fing Daniela an, ihre Freiheit zu genießen. Ihr schlechtes Gewissen meldete sich. „Ach Ellen. Ich bin kein guter Mensch", seufzte sie. „Ich lasse jeden Menschen im Stich. Erst meine Mutter, dann meine Tochter. Ich verdiene es einfach nicht glücklich zu sein." Sie schluchzte. „Das ist jetzt meine gerechte Strafe." Sie vergrub ihr Gesicht in ihren Händen. „Das geschieht mir jetzt ganz recht." Sie wischte sich die Tränen weg und schnaubte die Nase.

„Sag so was nicht." Ellen schaute sie durchdringend an. „Wie kommst du denn darauf?"

„Ich habe nie richtig um meine Mutter getrauert. Ganz im Gegenteil. Ich fühlte mich befreit, als ich von ihrem Tod erfuhr." Daniela sah auf den Boden, wie ein Kind, das gerade etwas ausgefressen hatte und es beichtete. „Ja, ich habe mich sogar ...", sie holte tief Luft, dann platzte es aus ihr heraus.

„Ja, ich habe mich gefreut!"

„Aber das ist doch in Ordnung. Bedenke, was du mit deiner Mutter alles durchmachen musstest. Aber sie weiß, dass du sie geliebt hast und es immer noch tief in deinem Herzen tust", sagte Ellen sanft. „Mache dir keine Vorwürfe." Sie sah Daniela lächelnd an. „Verstehst du? Vorwürfe bringen dich jetzt nicht weiter." Sie seufzte.

Daniela atmete auf. Diesen Zuspruch brauchte sie jetzt. „Danke", flüsterte sie. „Das tat gut."

Ellen lächelte sie an. Nach einem kurzen Blick auf die Küchenuhr sagte sie zu Daniela: „Liebes, ich muss nach Hause. Erika wollte noch anrufen. Norman müsste ja auch bald kommen." Sie ging zur Haustür. „Melde dich, wann immer du willst, ja? Ich bin für dich da."

„Mache ich. Ich danke dir, für deine Gesellschaft." Sie drückte Ellen fest zum Abschied.

Daniela sah ihr nach, wie die alte Dame, vorsichtig die Stufen hinunter stieg.

„Langsam. Fall nicht hin", warnte sie Ellen. „Pass auf."

„Ich pass schon auf", erwiderte Ellen lachend. „Ruf an, wenn ich etwas tun kann."

Sie winkte ihr nach und verschwand dann im Haus.

13. Kapitel

Daniela stand am Herd und rührte gerade den Milchreis ein, als das Telefon klingelte. Mit zitternden Händen nahm sie den Hörer ab. Wer mag das sein? Ihre Tochter schoss ihr durch den Kopf.

„Emma?", fragte sie, ohne eine Antwort abzuwarten. „Wo bist du? Geht es dir gut? Mama holt dich ab, Mäuschen."

„Ich bin noch im Büro", erwiderte Norman. Er seufzte. „Hast du schon was gehört?", fragte er schließlich.

Daniela schüttelte den Kopf. „Nein." Sie starrte zu Boden. „Ich dachte, sie ruft an. Dass sie sich irgendwo versteckt hat, weiß Gott warum. Entschuldige bitte."

„Ist schon in Ordnung." Er machte eine Pause. Dann fuhr er fort. „Ich wollte dir nur sagen, dass es wahrscheinlich die ganze

Nacht dauert. Das System ist gerade abgestürzt und Rosalie hatte die Verträge nicht gesichert. Das heißt, wir müssen alles nochmal schreiben, wenn das Betriebssystem wieder läuft. Tut mir leid!" Er seufzte tief.

Na super. Heute hat sich wohl die ganze Welt gegen mich verschworen. „Dann weiß ich Bescheid, Schatz. Danke für deinen Anruf." Sie legte ohne sich zu verabschieden auf.

Sie setzte den Deckel auf den Topf und schaltete die Herdplatte runter. Dann guckte sie auf die Uhr.

Daniela ging ins Wohnzimmer und machte den Fernseher an. In den Nachrichten gab es auch nur Mord und Totschlag. Sie wechselte den Kanal und legte sich ein Kissen auf den Bauch. Ein beruhigendes Gefühl durchströmte sie. Aber entspannen konnte sie sich nicht. Immer horchte sie, ob jemand an der Haustür war. Immer wieder stand sie auf und schaute in den Flur. „Emma?", rief sie. Tränen stiegen ihr in die Augen. Sie setzte sich auf das Sofa und sah auf den Fernseher.

Als der Abspann der Vorabendserie über den Bildschirm flimmerte, ging sie zum Herd und rührte den Milchreis erneut um. Ein süßlicher Geruch stieg ihr in die Nase. Das Wasser lief ihr im Mund zusammen. Den ganzen Tag hatte sie noch nichts gegessen. Konnte sie auch nicht. Das schlug ihr alles auf den Magen. Aber jetzt verspürte sie ein leichtes Hungergefühl. Und das ist ein gutes Zeichen! Sie schaltete den Herd aus und nahm sich einen Teller aus dem Schrank. Etwas Warmes im Bauch und die Welt sieht anders aus. Sie sah aus dem Küchenfenster und seufzte. Wo bist du nur, mein Engel?

Sie füllte den Milchreis auf einen tiefen Teller und ging ins Wohnzimmer. Gerade als sie das Zimmer betrat, klingelte das Telefon erneut. Mit dem Teller in der Hand nahm sie den Hörer ab. „Hallo?" Sie lauschte angestrengt. In der Leitung knisterte es. „Wer ist da?" Ein Rauschen. „Hallo! Jetzt reden sie doch", flehte sie.

„Wir haben deine Tochter", sagte eine

dunkle Stimme.

Der Teller fiel auf den Fliesenboden und zerbrach. Milchreis gemischt mit Scherben lagen auf dem Boden verteilt. „Wer ist da?", fragte sie mit zittriger Stimme. „Was wollen sie? Wo ist meine Tochter?" Das Herz schlug ihr bis zum Hals.

„Deiner Tochter geht es gut. Es fehlt ihr an nichts."

„Kann ich sie sprechen?"

„Nein", antwortete die Stimme energisch. „Sie schläft. Sie ist müde gewesen." Daniela hörte ein Schnaufen. Das kam ihr so bekannt vor! Wo hat sie es schonmal gehört?

„Was haben sie ihr angetan?" Daniela setzte sich. Ihre Knie wurden weich wie Butter in der Sommersonne. „Wo ist sie?" Tränen traten ihr in die Augen. „Bitte ...", flehte sie.

„Wie ich schon sagte, ihr geht es gut", erwiderte die Stimme knapp.

„Was wollen sie? Hören sie, mein Mann hat einen großen Auftrag an Land gezogen.

Geld spielt keine Rolle. Wir bezahlen. Aber bitte geben sie mir meine Tochter wieder." Tränen rannen ihr über die Wangen. Sie schluchzte. „Wie viel wollen sie?", fragte sie weinerlich. „Bitte tun sie ihr nichts."

Schallendes Gelächter brach am anderen Ende aus. „Wir wollen kein Geld, Daniela." Die Stimme verstummte. „Wir wollen was ganz anderes", fuhr der unbekannte Anrufer fort. „Wir möchten dir ein Treffen vorschlagen, um die Einzelheiten zu besprechen." Er wartete auf eine Antwort. „Hast du mich verstanden? Darius möchte mit dir reden. In seinem Büro im *Pussycat*. Das kennst du doch noch, oder? Heute Nacht um zwei Uhr. Komm allein. Keine Polizei." Es klickte in der Leitung. Daniela sah auf den Hörer. Ihr Mund stand weit offen. „Pussycat", flüsterte sie. Sie schluckte schwer. Und wie sie es noch kennt! Sie vergrub ihr Gesicht in den Händen. „Das darf nicht wahr sein." Nach all den Jahren. Daniela saß wie versteinert auf der Couch und ließ den Hörer sinken. Gedanken von damals schossen ihr in den Kopf. Woher wusste er so viel über sie? Was wird hier gespielt? Sie starrte zur Wand.

Pussycat ... Darius ... Sie ließ einen Schrei los. Frank Heldhaar. Natürlich. Die rechte Hand von Darius. Wie hat er sie gefunden? Der schwarze SUV, der dauernd durch die Straße gefahren war?

Sie sah auf die Uhr. 21 Uhr.

Die Erinnerungen stiegen so nach und nach wieder in ihr hoch. Die Erinnerungen, die sie schon so lange verdrängt hatte, weil sie nicht wollte, dass jemand erfuhr, wer sie wirklich war. Es darf auch keiner erfahren. Für manche würde eine Welt zusammenbrechen. „Es tut mir leid", schrie sie. „Ich mache es wieder gut."

Sie wählte eine Nummer und bestellte sich für halb zwei ein Taxi.

Hamburger Reeperbahn 1995

14. Kapitel

Manuela saß vor dem Spiegel in ihrem Zimmer und setzte sich die blonde Kurzhaarperücke ab, als Danielas Bild auf dem Display ihres Handys aufleuchtete. Die beiden waren seit dem Kindergarten die besten Freundinnen. Keiner konnte sie trennen. Sie bat Daniela damals, als sie anfing als Prostituierte zu arbeiten, ihrer Mutter Ellen nichts zu sagen. Daniela hat sich natürlich daran gehalten. Manuela war auch immer für ihre Freundin da. Bei den ganzen Problemen, die Daniela mit ihrer Mutter hat. Sie ruft immer an, wenn sie quatschen will oder einfach von zu Hause nur mal rauskommen muss. Es ist auch nicht leicht. Mit einer Mutter, die immer nur an ihren nächsten Schuss denkt und ihre einzige Tochter vernachlässigt. Wie oft hat Daniela schon bei Manuela geschlafen, weil sie es zu Hause einfach nicht mehr ausgehalten hat? Sie musste an vorletzte Woche denken, als Daniela mit einem blauen Auge ins *Pussycat* gestürmt kam, weil der Dealer ihrer Mutter sie grün und blau geschlagen hat. Nur weil sie ihm nicht die Tür öffnen wollte. Sie tut alles, um ihre Mutter von den Drogen wegzubekommen. Nur ihre Mutter will nicht! Manuela sagte schon oft zu ihr, dass es sinnlos ist, wenn der Betroffene selber nicht möchte. Da fing Daniela nur an, bitterlich zu weinen. Danielas Mutter hat ihre Tochter auch schon oft beklaut, nur um an den nächsten Schuss zu gelangen. Neben der Berufsschule muss Daniela noch halbtags arbeiten gehen, um die Miete bezahlen zu können und den Kühlschrank zu füllen. Das Geld reicht vorne und hinten nicht. Manuela bot oft ihre Hilfe an. Aber Danielas Stolz verbat es ihr. Sie tat ihr einfach nur leid. Irgendwie muss sie sich aus dieser Hölle befreien. Aber sollte sie deswegen hier anfangen zu arbeiten? Manuela war sich unschlüssig. Ihr machte der Job eine Menge Spaß, aber würde er auch zu Daniela passen? Hier braucht man schon ein dickes Fell. Die Mädchen halten zwar alle zusammen und Sibylle, die gute Seele des Hauses, ist immer da, wenn Probleme auftauchen, aber wäre Daniela hier gut aufgehoben? Manuela war sich unschlüssig. Wenn Daniela von sich aus kommen würde, dann würde sie ihr auch helfen. Das ist Ehrensache. Aber es ihr selbst vorschlagen? Nein, auf keinen Fall. Nachher wird Daniela noch unglücklicher und gibt ihr die Schuld. Dann wäre es vermutlich vorbei mit der Freundschaft. Nein, das konnte sie nicht verantworten. Manuela seufzte. Was ist nur richtig und was falsch? Mit ihrer Mutter Ellen konnte sie nicht darüber reden. Ellen kommt immer mit dem erhobenen Zeigefinger. Darauf kann sie gut und gerne verzichten. Nein, wenn Daniela selbst auf die Idee kommt, dann stehe ich ihr zur Seite, schwor Manuela sich. Daniela braucht eine Perspektive. Sonst rutscht sie selber noch ab. Das würde ich mir im Leben nicht verzeihen. Allerdings auch nicht, wenn ich sie hier in das Milieu reinbringe, obwohl sie es nicht möchte. Manuela sah auf das Display. Wie schön Daniela aussieht! Mit ihren kurzen braunen Haaren und dem Nasenpiercing wirkte sie kindlich frech. Manuela nahm sich die falschen Fingernägel ab und legte sie zur Seite. Gehe ich ran? Sie holte tief Luft. Wenn Daniela anruft, brennt ja meistens die Luft. Das Klingeln verstummte. Manuela stand auf und ging im Raum umher. Sie setzte sich auf das große Bett und stütze ihren Kopf in den Händen ab. Was mache ich nur? Sie zog ihre Lederstiefel aus und streckte die Beine aus. Was für eine Nacht! Sie streckte sich und gähnte herzhaft. Sollte ich mich jetzt mit Daniela treffen? Ich bin so müde! Sie ließ sich aufs Bett fallen und schloss die Augen. Sie braucht dich, meldete sich ihre innere Stimme. Manuela riss die Augen auf. Sie zog sich um und setzte sich wieder vor den Spiegel. Sie schminkte sich ab und starrte sich an. Bist du das wirklich?, schoss es ihr durch den Kopf, als sie in den

Spiegel blickte. Langsam wird es wohl Zeit zum Aussteigen. Sie schnitt Grimassen und fing an zu lachen. Ach quatsch, warum sollte ich? Der Job bringt gutes Geld. Sie dachte an die letzte Nacht, als sie sich vor Freiern kaum noch retten konnte. Sie grinste. Tja, ich habe es einfach drauf! Sie öffnete die kleine Schatulle auf dem Schminktisch und holte das Geld heraus. Sie zählte die Scheine. Eintausend Euro in einer Nacht ist doch gar nicht mal so schlecht. 700 für Darius, der Rest ist für mich. Sie steckte sich die 300 Euro in ihre kleine Tasche. Freudig klatschte sie in die Hände. Mal schauen, was heute Nacht los ist. Ich hoffe mehr! Sie nahm ihr Handy und wählte Danielas Nummer. Komm, nehm ab, dachte sie. Sie schlug ihre Beine übereinander und schaute aus dem Fenster. Die Sonne stieg langsam höher und blendete in ihren Augen. Sie stand auf und zog die Gardine zu. Sie legte wieder auf. Warum geht Daniela jetzt nicht ran? Ist was passiert? Ihr Herz klopfte. Aufgeregt streifte sie durch das Zimmer. Was ist das? Aus dem Flur hörte sie Schreie. Sie öffnete die Tür und steckte den Kopf hinaus. Frank schleifte ein junges Mädchen die Treppe herunter. Was ist hier los? Kurz darauf kam Darius aus dem Zimmer des Mädchens und schloss die Tür ab. Schnell schloss Manuela die Tür und lehnte sich an die Wand. Ihr Atem beschleunigte sich. „Das war doch Steffi." Sie dachte nach. Steffi hatte ihr erzählt, dass sie aussteigen und mit Darius darüber reden wolle. Und jetzt sowas? Irgendwas stimmt hier nicht! Reiß dich zusammen, ermahnte sie sich. Du siehst Gespenster. Steffi hatte es auch immer nicht so mit dem Aufteilen. Sie hat bestimmt Geld zurückgehalten. Darius ist völlig okay. Mit ihm kann man immer reden. Sie blickte auf ihr Handy. Ob ich es nochmal versuche? Sie gähnte herzhaft. Sie ging zum Schminktischchen und zog die obere Schublade auf. Sie starrte auf das kleine Päckchen mit dem weißen Pulver. Soll ich? Sie sah sich im Spiegel an. Entschlossen öffnete sie das Päckchen und schüttete das Pulver aus. Nachdem es in ihrer Nase war, schüttelte sie den Kopf. Verdammt! Warum habe ich das jetzt getan? Ihre Müdigkeit verflog. Sie grinste und wählte Danielas Nummer. Wieder keine Reaktion! Was ist da los? Sie warf das Handy auf das Bett. „Verarschen kann mich auch alleine", fluchte sie. Es klopfte an der Tür. Frank steckte seinen Kopf herein und hielt Manuela die Hand entgegen. Sie gab ihm das Geld. Er zählte nach. „Mehr nicht?", brummte er. Manuela schüttelte den Kopf. Er verschwand und ließ sie alleine. Sie hob den Mittelfinger und streckte ihm die Zunge raus. Das Handy klingelte. Sie sprang auf und stürmte zum Bett.

„Hallo Süße", flötete sie in den Hörer. „Wie geht es dir?"

Sie nahm sich die falschen Wimpern ab und legte sie auf den Tisch.

„Ich brauche einen Job. Dringend", sagte Daniela. „Kannst du mir helfen?"

„Ja, natürlich. Kennst du das Café „Zur alten Eiche"?"

„Na klar", antwortete Daniela. „Wollen

wir uns da treffen?" Sie klang immer aufgeregter. „Ich wäre dir auf ewig zum Dank verpflichtet." Sie warf Manuela durch das Telefon einen Kuss zu. „Wann hast du Zeit?", fragte sie aufgeregt. „Ich könnte in einer halben Stunde da sein. Ich gehe sofort los. Ela?" Ela war der Spitzname, den Daniela ihr als Kind schon gegeben hatte. „Du sagst ja gar nichts. Bist du noch dran?"

„Ich mache jetzt Feierabend. Muss mich nur noch umziehen." Manuela lachte. „Dann mache ich mich auf den Weg. Wir sehen uns in dreißig Minuten." Sie legte auf und warf das Handy wieder aufs Bett.

Manuela zog sich ihre Jeans und ein weites T-Shirt an. Dann knipste sie das Licht im Zimmer aus und ging den Flur entlang. Sie stieg die Stufen hinab und verließ das *Pussycat*.

15. Kapitel

Manuela eilte die Herbertstraße hinunter und schlängelte sich durch den Bretterzaun. Die Reeperbahn war am frühen Vormittag wie ausgestorben. Nachts geht es hier richtig rund und sobald die Sonne aufgeht, verschwinden sie alle in ihren Betten. Wie Vampire, die die Sonne meiden, damit sie nicht zu Staub zerfallen. Manuela grinste in sich hinein. Sie fühlte sich wohl hier. Alle waren wie eine große Familie. Es wurde hier nie langweilig. Natürlich ist die Reeperbahn ein Magnet für Touristen. „Wenn du nicht auf der Reeperbahn warst, warst du nicht in Hamburg", hieß es immer. Manuela lachte. Wie wahr dieser Spruch doch ist. Sie schaute auf die Uhr. Noch liegt sie gut in der Zeit. Sie setzte sich ihre Sonnenbrille auf und summte ein Lied. Sie könnte die ganze Welt umarmen. Will Daniela allen Ernstes einsteigen? Hat sie sich das gut überlegt? Manuela grinste. Du wirst es nicht bereuen, dachte sie. Ich passe auch auf dich auf und arbeite dich ein. Ihr Herz klopfte vor Aufregung. Macht sie es auch wirklich freiwillig? Oder wird sie gezwungen? Manuela dachte an das Telefonat zurück. Nein, gezwungen hörte sie sich nicht an. Sie sah erneut auf die Uhr. Jetzt muss ich mich aber sputen, dachte sie und legte einen Zahn zu. Sie wird es nicht bereuen und viel Geld verdienen; so hübsch wie sie ist. Manuela seufzte. Hoffentlich wird sie nicht zu meiner Konkurrenz. Sie lachte. Manuela blieb kurz stehen, um Luft zu holen. Oh Mann, hetze dich doch nicht so. Was ist schlimm daran, wenn du mal fünf Minuten später kommst?, ermahnte sie sich. „Du hast Recht", murmelte sie. „Aber trotzdem. Ich will Daniela nicht warten lassen." Sie sah auf die Uhr. Ein weiteres Mal. Ihr Herz klopfte schneller. „Jetzt aber schnell." Und wieder fiel sie in ihren alten Trott. Eilig schritt sie die

Hauptstraße hinauf. Ich darf nicht zu spät kommen, wiederholte sie mantraartig in ihrem Kopf.

Der kühle Wind, der vom Hafen herüberwehte, striff ihre Haut. Möwen flogen kreischend über sie hinweg. Sie liebte ihr Leben. Ihre Mutter wollte immer, dass sie damit aufhört und sich einen anständigen Job sucht. Aber das konnte sie sich nicht vorstellen. Sie liebte ihre Arbeit. Und keiner auf der ganzen Welt, könnte sie vom Gegenteil überzeugen. Das war auch ein ewiger Streitpunkt zwischen ihrer Mutter und ihr. Sie wusste, dass sie es nur gut mit ihr meinte und sich Sorgen machte. Aber Manuela gelang es auch nicht ihre Mutter Ellen vom Gegenteil zu überzeugen. Wenn sie ihre Mutter besuchte, wurde auch nicht über das Thema gesprochen. Es endete immer im Streit. Ich sollte Mama mal wieder besuchen. Sie schüttelte den Kopf. Nein, ich weiß, wie es dann wieder endet. Darauf habe ich keine Lust. Sie hatte die Stimme ihrer Mutter im Ohr. Sie verdrehte die Augen.

Nein, das will ich nicht. Sie dachte an den letzten Besuch zurück. Wut stieg in ihr auf. Warum kann sie es nicht akzeptieren? Ihre Hände ballten sich zu Fäusten. „Was ist dein verdammtes Problem?", fragte sie Ellen. „Sag es mir!" Manuela schnaufte. „Wovor hast du Angst?" Ihre Mutter sah sie fassungslos an. „Sag es doch frei heraus", forderte Manuela ihre Mutter auf. Ellen setzte sich und faltete die Hände. Bestürzt sah sie zu Boden. „Mama, ich rede mit dir." Sie nahm ihre Mutter in den Arm.

„Wenn das rauskommt. Was werden die Nachbarn nur sagen?" Das war der Standardspruch von Ellen. Manuela verdrehte die Augen. Ihr Ernst? Was kümmert sie, was die anderen Leute sagen? Da hat sie sich noch nie drum gekümmert. Was ist los mit ihr?

„Ist doch egal. Wenn ein Nachbar dich darauf ansprechen sollte, dann weißt du doch, wo er sich rumtreibt", war Manuelas Antwort. „Entspann dich. Mir wird auch nichts passieren. Das schwöre ich."

Manuela schüttelte den Kopf. „Ich darf jetzt nicht zu spät kommen", schnaufte sie. „Ich möchte Daniela nicht warten lassen." Abrupt blieb sie vor einem Schaufenster stehen. Der BH sieht gut aus. Muss ich mir nachher mal genauer ansehen. Sie starrte auf das Wäschestück wie hypnotisiert. Ob ich mal schnell reingehe? Nein, dafür hast du nachher noch genug Zeit. Sie eilte wieder los. Ihr Magen knurrte. Ich muss gleich erstmal was essen. Die ganze Nacht kam ich nicht dazu. Sie steckte sich einen Kaugummi in den Mund. Das muss erstmal reichen.

Als sie in die Seitenstraße einbog, sah sie Daniela schon von weitem ihr zuwinken. Manuela winkte zurück.„Huhu", rief sie ihr zu. Sie stürmte auf Daniela zu. Die beiden begrüßten sich herzlich. Arm in Arm betraten sie das Café. Es war nicht stark besucht um diese frühe Zeit. Sie setzten sich an einen freien Tisch. „Danke, dass du dir Zeit genommen hast", sagte Daniela. „Das bedeutet mir sehr viel." Sie seufzte. Soll ich wirklich? Oder doch lieber nicht?

Daniela hüstelte. „Entschuldige bitte, ich muss mal kurz verschwinden." Sie erhob sich und ging zu den Toiletten. Als sie wiederkam, stand eine Tasse dampfenden Kaffees auf ihrem Platz. „Oh, hast du schon bestellt?", fragte sie verwundernd. „Das ist aber lieb von dir. Hast du Hunger? Soll ich uns, was zu Essen bestellen?" Keine Zeit für Fragen lassen. So ist es richtig. Daniela stand auf und ging zum Tresen. Sie drehte sich zu Manuela um. Diese sah sie lachend an und zuckte mit den Schultern.

„Kannst du was empfehlen? Du frühstückst doch immer hier."

Manuela stand auf und kam langsam auf Daniela zu. Sie legte ihre Arme von hinten um ihre Hüften und schmiegte sich an sie.

„Ich hab dich lieb", sagte Daniela. „Was nehme ich nur?" Sie verzweifelte an der Auswahl. „Ich glaube ich weiß." Sie bestellte sich ein Baguette de luxe. Sie drehte sich zu Manuela um. „Was möchtest du? Ich lade dich ein."

Manuela sah sich die Auswahl an. Nach einem kurzen Moment sagte sie: „Ich nehme das Gleiche wie du." Sie gab Daniela einen Schmatzer auf die Wange.

Mit ihren Bestellungen in der Hand gingen sie zu ihrem Platz zurück. Daniela biss herzhaft in das Baguette. „Boah, ist das lecker", sagte sie, während sie sich mit der Serviette den Mund abwischte. Sie trank einen Schluck Kaffee. „Wie war die Nacht?", fragte sie schmatzend.

„Also, was kann ich für dich tun?", fragte Manuela schließlich. „Du suchst einen Job, hast du gesagt." Sie biss von ihrem Baguette ab.

„Genau. Ich wollte fragen, ob ihr noch Personal sucht." Sie errötete. „Das ist echt lecker." Sie zeigte auf das Baguette.

Manuela lachte. „Ist das dein Ernst? Du willst einsteigen?"

„Warum nicht? Es geht mir nicht ums Geld. Jedenfalls nicht in erster Linie."

„Nicht?" Manuela zog ihre rechte Augenbraue hoch. Das machte sie immer, wenn sie skeptisch ist. Daniela lachte. Warum nimmt sie es ihr nicht ab?

„Ja gut. Ich brauche das Geld."

„Na also." Nach einer kurzen Pause fragte sie eindringlich: „Hast du dir das auch gut überlegt?" Sie sah ihre Freundin fragend an.

Daniela nickte heftig. „Oh ja. Mache dir da mal keine Sorgen."

„Nun gut. Kleinen Moment bitte."

Manuela zog ihr Handy aus ihrer Tasche und wählte eine Nummer. Sie stand auf und verließ das Café.

Manuela stand auf der Straße und telefonierte. Nachdem sie das Gespräch beendet hatte, kehrte sie wieder zu ihrem Platz zurück. Daniela sah sie fragend an. „Mit wem hast du gesprochen?" Sie sah ihre Freundin an. Warum sagt sie nichts? „Hallo? Erde an Manuela." Sie winkte ihr zu. „Mit wem hast du gesprochen?" Sie aß ihr Baguette auf und wischte sich den Mund ab.

„Darius erwartet uns heute Nachmittag." Manuela schob den Teller zur

Seite. „Ich bin satt. Den Rest nehme ich mit."

„Wer ist Darius?", fragte Daniela neugierig. Adrenalin schoss ihr ins Blut. Sie war tierisch aufgeregt. Ihr Herz sprang fast aus ihrer Brust. „Muss ich den kennen?" Sie verschränkte ihre Arme. „Der Name sagt mir nichts."

„Der Chef", antwortete Manuela und leerte ihre Tasse. „Wollen wir?" Sie stand auf.

„Na denn", warf Daniela ein. „Da bin ich ja mal gespannt."

„Hast du was zum Anziehen?", fragte Manuela und sah sie schnippisch an.

„Was meinst du?"

Manuela verdrehte die Augen und lachte. „So schwer von Begriff?" Sie griff sich an die Brüste.

„Achso", platzte es nach einem kurzen Moment aus Daniela heraus. „Jetzt verstehe ich. Nein, habe ich nicht." Sie schüttelte den Kopf.

„Dann lass uns noch shoppen gehen. Ok?"

„Jepp." Daniela trank hastig den Kaffee aus. „Ich bin startklar." Sie erhob sich und nahm ihre Tasche.

Die beiden Freundinnen verließen das Café und steuerten einen Sexshop auf der Reeperbahn an. Wo schleppt sie mich denn jetzt hin? Sie schluckte. Ach du meine Güte. Sie sah sich um.

Daniela war von dem Angebot überwältigt. Manuela steuerte auf die Reizwäsche zu und griff nach einem roten BH mit dazugehörigen Strapsen. Sie musterte Daniela von oben bis unten.„Rot müsste dir stehen. Komm mal her", forderte sie Daniela auf. Manuela streckte ihr die Wäsche entgegen. „Probier mal an. Das ist deine Farbe." Sie hob den Daumen. „Damit machst du die Männer verrückt und ihre Geldbörsen offen." Sie lachte. Daniela drehte den Bügel von links nach rechts. Sie war sich nicht sicher, ob es ihr wirklich stehen würde. „Meinst du wirklich?", fragte Daniela ungläubig. „Ich weiß ja nicht. Aber anprobieren werde ich es mal. Kann ja nix schaden." Sie sah sich um. „Wo sind die Kabinen?" Manuela zeigte auf den hinteren Bereich. „Da hinten", sagte sie. Sie sah Daniela hinterher und grinste. Du wirst es nicht bereuen, dachte sie. Der BH! Den wollte ich doch kaufen! Freudig suchte sie nach ihrem Objekt der Begierde. Nachdem sie ihn gefunden hatte, ging sie zur Kasse und bezahlte. Wo bleibt nur Daniela? Sie blickte sich um. „Daniela?", rief sie. „Lebst du noch?" Sie ging zu den Umkleidekabinen. „Bist du noch da?" Sie schob den Vorhang zur Seite. „Wow", sagte sie erstaunt. Der Mund stand ihr weit offen. „Das sieht geil aus."

Daniela trat heraus und drehte sich vor dem großen Spiegel. Sie begutachtete sich von allen Seiten. Manuela stand hinter ihr und grinste. „Nehmen wir das!" Daniela zog sich wieder um und die beiden gingen zur Kasse. „Das ziehst du nachher bei Darius an. Der steht auf Rot." Manuela lachte ihre Freundin an. „Das wird schon." Sie stupste Daniela in die Seite. „Auf geht´s."

Daniela bekam weiche Knie. So langsam machten sich Zweifel bemerkbar. Soll ich oder doch lieber nicht? Aber ich brauche das Geld. Sie seufzte schwer. Dann mal los!

16. Kapitel

„Aufgeregt?", frage Manuela als sie mit Daniela im Lift in das obere Stockwerk fuhr. Sie stiegen aus und gingen auf eine große Tür zu. „Wir möchten zu Darius", sagte sie zu einem Mann im schwarzen Anzug und Sonnenbrille. Der nickte und klopfte an die Tür.

Kurze Zeit später wurde diese von einem bulligen Mann, mit Glatze und Goatee geöffnet. Er trug ein Hemd mit Leopardenmuster. Das war zur Hälfte geöffnet und gab einen Blick auf das Adlertatoo, welches auf dem muskulösen Brustkorb prangte, frei gab. Seine Hose und Schuhe hatten exakt das gleiche Muster wie sein Hemd. Obwohl er eine Sonnenbrille trug, spürte Daniela, wie seine Augen hinter den dunklen Gläsern sie musterten. Um seinen Hals hing eine schwere, dicke Goldkette. Seine Arme waren von den Handgelenken bis zur Schulter tätowiert. Er sieht genauso aus, wie man sich einen Zuhälter immer vorgestellt hat, dachte Daniela. Sie schluckte. Er grinste breit, dass sein goldener Eckzahn zum Vorschein kam. Worauf habe ich mich hier eingelassen? Weglaufen kann ich jetzt nicht mehr. Daniela bekam weiche Knie. Gott, steh mir bei, betete sie innerlich. Sie schaute Manuela an, die sie angrinste. „Darf ich bekannt machen? Das ist Darius", sagte sie. Daniela musterte ihn von oben bis unten. Ihr Herz schlug in ihrer Brust. Möchte ich das wirklich? Ihr Magen verkrampfte sich. Sie drehte sich um und hustete. Manuela klopfte ihr auf den Rücken. „Wieder besser, Süße?", fragte sie besorgt. Daniela nickte. Sie drehte sich zu Darius um. Dieser lächelte sie an. Wie habe ich dieses Lächeln zu verstehen?, schoss es ihr durch den Kopf. Ihre Hände wurden feucht. Unbemerkt wischte sie sich die Hände an ihrer Hose ab. „Freut mich, sie kennenzulernen", sagte sie eingeschüchtert. Sie blickte zu Boden. Mit ihm ist bestimmt nicht gut Kirschen essen. Ihre Zunge klebte am Gaumen. Wie komme ich hier wieder raus? Gar nicht, schoss es ihr sofort durch den Kopf. Du wolltest es so. Sie seufzte tief. Da muss ich jetzt wohl durch. Aber vielleicht macht es mir ja wirklich Spaß. Stehe zu deinem Wort. Sie stellte sich aufrecht hin und streckte ihre Brust raus.

„Du musst Daniela sein", sagte Darius mit einer rauen Stimme und streckte ihr die Hand entgegen. „Komm rein." Zu Manuela gewandt sagte er: „Du kannst hier einen Moment bei Frank bleiben." Er zog Daniela ins Loft und schloss die Tür.

Daniela sah sich überwältigt um. Sowas hatte sie noch nie gesehen. Darius ging zum Schreibtisch und Daniela folgte ihm. „Setz dich", forderte er sie auf. Sie setzte sich auf einen Stuhl und sah ihn mit großen Augen an.

„Du möchtest also mit dabei sein, wie Manuela mir sagte", fing er an, „ist das richtig?"

Daniela nickte stumm. Sie nestelte an der Tüte auf ihrem Schoß.

„Gut. Und du machst es freiwillig? Das ist mir ganz wichtig."

Wieder nickte sie, ohne ein Wort zu sagen.

Darius beugte sich vor. „Kannst du auch sprechen?"

Daniela nickte. „Ja, kann ich." Sie hüstelte.

Darius lehnte sich in seinem Drehstuhl zurück und schlug die Beine übereinander. Er grinste breit. „Dann zeig mal, was du hast", forderte er sie nach einer Weile des Schweigens auf. „Steh bitte auf und dreh dich mal." Er kreiste mit dem Zeigefinger in der Luft.

Daniela stand auf und drehte sich langsam, wie eine Puppe aus einem Melodiekasten. Sie schaute ihn verunsichert an. „Und?" Sie streckte ihre Arme wie ein Vogel, der wegfliegen will, zur Seite. „Was sagst du?"

Darius kraulte sich den Goatee. „Hm", sagte er. „Willst du so arbeiten?"

„Ich habe auch Unterwäsche dabei, wenn du darauf hinaus willst. Kann ich mich irgendwo umziehen?" Sie blickte sich um. „Das Bad ist da hinten?"

Darius nickte. „Genau. Du kannst es nicht verfehlen. Ich warte hier." Er öffnete seine Hose.

Daniela nahm die Tüte vom Stuhl und verschwand im Bad. Sie schloss die Tür und legte die Tüte auf ein großes weißes Waschbecken mit goldenem Wasserhahn. Sie zog sich um und ging mit der Reizwäsche bekleidet zurück zu Darius. Dieser saß nur noch in Boxershorts bekleidet auf seinem Stuhl. Ekel stieg in ihr hoch. Das ist doch jetzt nicht wahr! Wo ist der Ausgang?

Er klatschte freudig in die Hände. „Wunderbar. Rot ist geil. Du siehst sehr sexy aus." Er winkte sie zu sich heran. „Komm mal her." Er klopfte sich auf die Oberschenkel.

Sie setzte sich auf seinen Schoß und

Darius ließ seine Hände über ihren Körper gleiten. „Fühlt sich gut an", sagte er sanft. „Folge mir bitte."

Sie stand auf und Darius ging voran. Daniela folgte ihm ins Schlafzimmer. Er wies sie an, sich aufs Bett zu legen, und schloss die Tür.

17. Kapitel

„Was du nicht sagst." Manuela sah Frank lachend an. „Ist das dein Ernst?"

Er nickte. „Ja, wenn ich es dir doch sage." Seine Stimme klang tief und brummig.

Die Tür öffnete sich und Daniela trat heraus. Sie verabschiedete sich lächelnd von Darius, der die Tür wieder schloss. Sie stellte sich neben Manuela und streckte Frank die Hand entgegen. Dieser musterte sie von oben bis unten. ER holte tief Luft. Was für eine hübsche Frau! Darius ist ein Glückspilz. Er schluckte.

„Ich bin Daniela." Sie lächelte ihn an. Sie streckte ihm die Hand entgegen.

„Hallo", antwortete er, ohne ihr die Hand zu schütteln.

„Können wir los?", fragte Manuela. Sie umarmte Frank und zog ihre Freundin zum

Lift. „Er gibt keinem die Hand", flüsterte sie ihr ins Ohr. „Nicht wundern. Er ist so." Sie kicherte.

Als sie mit dem Aufzug nach unten fuhren, sah Manuela Daniela von der Seite an. Diese starrte nur an die Lifttür. Ob es geklappt hat?

„Und? Was hat er gesagt?", fragte sie neugierig.

Daniela schwieg. Ihre Augen wandten sich nicht von der Tür ab.

„Hallo? Erde an Daniela. Jemand zu Hause?" Manuela fuchtelte mit der Hand vor den Augen ihrer Freundin. „Ich habe dich was gefragt." Als immer noch keine Antwort kam, sagte sie schließlich: „Dann halt nicht."

Als sich die Türen im Erdgeschoss öffneten, verließ Daniela wortlos den Fahrstuhl. Manuela folgte ihr. Warum war ihre Freundin so still? Was war passiert? Es wird doch wohl nichts vorgefallen sein? Langsam machte sie sich Sorgen. Wenn Darius ihr ein Haar gekrümmt hätte, würde sie sich ein Leben lang Vorwürfe machen. Sie seufzte tief. Warum redet sie nicht? Manuela blieb stehen und sah ihre Freundin an. Das gibt es doch gar nicht! Ich dachte, wir wären Freundinnen!? Rede mit mir, flehte sie innerlich. Sie holte tief Luft und spitzte ihre Lippen.

„Hey", sagte sie und stupste Daniela von hinten an die Schulter.

Daniela blieb stehen und drehte sich langsam um. Sie sah Manuela durchdringend an, welcher gleich ein kalter Schauer über den Rücken lief. Langsam breitete Daniela ihre Arme aus. Sie brach in schallendes Gelächter aus. „Ich bin dabei", rief sie und umarmte stürmisch ihre Freundin. Sie hielten sich an den Händen und tanzten albern im Kreis. „Ist das nicht toll?" Sie lächelte Manuela an. „Ich danke dir." Nach einer Pause fuhr sie fort: „Darius ist zwar ein schmieriger Typ, aber sonst ganz nett." Sie grinste. „Ich weiß gar nicht, wie ich dir danken soll."

„Geil ... geil ... geil", rief Manuela fröhlich. „Wann fängst du an?"

„Morgen Abend. Du sollst mich am Anfang begleiten." Sie strich ihrer Freundin durchs Haar. „Machst du das mein Schatz?"

„Klar", rief Manuela freudig aus. Sie gab Daniela einen Kuss auf den Mund. „Da kommt mir eine Idee." Sie flüsterte ihr ins Ohr.

Daniela sah sie mit funkelnden Augen an. „Das ist eine brillante Idee. Das machen wir." Sie kicherte. „Das kommt mit Sicherheit gut an." Sie lachte.

Als sie den Hinterhof verließen und auf die Straße traten, wandte sich Manuela ihrer Freundin zu. Sie umarmte sie fest und gab ihr einen Kuss auf die Wange. „Ich freue mich", sagte sie. „Wir sehen uns dann morgen Abend im *Pussycat*. Wir rocken den Laden." Sie lachte.

Daniela winkte ihr nach, als ihre Freundin um die Ecke verschwand.

18. Kapitel

Daniela saß vor dem Spiegel in Manuelas Zimmer und zog mit einem roten Lippenstift ihre Lippen nach. Manuela stand hinter ihr und zupfte sich die blonde Kurzhaarperücke zurecht. Keiner sagte ein Wort. Daniela seufzte und sah sich im Spiegel an. Habe ich die richtige Entscheidung getroffen? Sie sah Manuela an, die leise ein Lied vor sich hin summte. „Du?", fragte sie leise. „Darf ich dir was sagen?" Sie schluckte. „Ich weiß nicht, ob ...". Sie brach ab.

Manuela legte ihre Hände auf Danielas Schultern. „Was ist los? Hast du Angst?"

„Irgendwie ist mir doch nicht so ganz wohl, bei der ganzen Sache."

„Du siehst umwerfend aus. Die Kunden werden sich alle Finger nach dir lecken." Sie grinste.

„Meinst du?"

„Natürlich. Aber mache mir keine Konkurrenz." Manuela lachte. „Sonst ...". Sie drückte ihre Faust an Danielas Kinn. „Du schaffst das schon."

Jetzt musste auch Daniela lachen. „Wenn du meinst."

„So gefällst du mir viel besser." Sie klopfte ihr auf die Schulter. „Wollen wir?" Sie ging zur Tür.

Daniela stand langsam auf. „Hast noch einen Tipp für mich?"

Manuela überlegte. „Sei einfach du selbst. Ganz natürlich." Sie hielt inne. „Hast du eigentlich schon einen Decknamen?", fragte sie schließlich. „Den bräuchtest du." Sie sah Daniela an. „Oder willst du den Kunden, deinen bürgerlichen Namen sagen? Manche machen das. Ich bin da aber kein Freund von." Sie spitzte ihre Lippen. „Ich meine, du verkaufst hier nur eine Illusion. Lasse es nie zu, dass es in dein Privatleben eindringt. Verstehst du?" Sie ging auf Daniela zu. „Ich möchte nicht, dass eventuell

Nachbarn mit dem Finger auf dich zeigen. Deswegen rate ich dir zu einem Decknamen." Sie nahm sie in den Arm. „Also, hast du einen?" Sie gab ihr einen Kuss auf die Stirn. „Können wir?" Sie zeigte zur Tür.

Daniela sah Manuela erschrocken an. „Nein, ich habe noch keinen. Mist! Darüber habe ich mir keine Gedanken gemacht." Sie sah ihre Freundin traurig an. „Was jetzt?" Sie setzte sich seufzend. „Am besten ich gehe wieder." Sie blickte traurig zu Boden. „Das war eine blöde Idee. Bitte entschuldige." Sie griff an ihren Kopf.

„Na dann überlegen wir uns einen." Manuela setzte sich neben Daniela und schaute sie an. „Wir werden schon einen für dich finden. Keine Bange." Sie lachte. „Bisher haben wir hier fast jedem Mädchen einen verpasst. Dann werde ich es bei dir auch schaffen." Sie legte einen Arm um Daniela. „Wie wäre es mit Chantal?", fragte sie.

Daniela schlug die Beine übereinander. Nach einer kurzen Überlegung schüttelte sie den Kopf. Ist das ihr Ernst? Sie verdrehte die Augen. „Nein ... zu klischeehaft." Sie schaute Manuela an. „Ela", sagte sie. „Der würde mir gefallen." Ihre Hand klatschte auf Manuelas Oberschenkel. „Was hältst du davon?" Neugierig wartete sie auf eine Antwort. „Mit dem Namen kann ich leben." Sie grinste. „Jetzt können wir." Daniela stand auf und ging zur Tür. Sie drehte sich zu Manuela um, die noch auf dem Bett saß und sie ansah. „Was ist los?" Sie verschränkte die Arme vor der Brust.

Manuela lächelte sie an und schüttelte ihren Kopf. „Nein? Warum nicht? Mir gefällt der." Daniela legte sich neben ihre Freundin und schaute an die Decke.

„Ich heiße so." Manuela kitzelte ihr in die Seite.

Daniela kreischte und hielt sich das Kopfkissen übers Gesicht. „Mir fällt keiner ein. Verdammt!" Sie stöhnte laut. „Das kann doch nicht wahr sein."

Manuela fuhr hoch. „Ich hab´s." Sie sah Daniela freudig an. „Der wird dir gefallen."

Sie klatschte freudig in die Hände.

Langsam setzte sich Daniela auf. „Sag ihn mir."

„Anni. Was hältst du davon?"

Daniela überlegte. Sie grinste breit und nickte mit dem Kopf.

„Super. Dann können wir jetzt nach unten gehen." Manuela stand auf und öffnete die Tür. „Komm."

Gemeinsam betraten sie die Bar. Sie suchten sich einen freien Hocker am Tresen. Eine junge, rothaarige Frau räkelte sich an der Stange, in der Mitte des Raumes. Kleine Glühbirnen an der Decke, ahmten einen Sternenhimmel nach. Ein Duft von verschiedenen Parfümen und Zigarettenrauch stieg Daniela in die Nase. Die Bardame, eine ältere, großbusige Frau in einem engen Negligé stellte zwei Gläser Champagner vor ihnen ab. „Für euch, Mädels. Gute Geschäfte heute Nacht." Manuela prostete Daniela zu. „Auf deinen ersten Tag." Sie stießen an und Daniela leerte ihr Glas mit einem Zug. Sofort stellte die

Bardame ihr ein zweites Glas hin, welches sie auch mit einem Zug leerte. „Soll ich dir gleich die Flasche hinstellen?", fragte sie lachend. Daniela schüttelte mit dem Kopf. „Glas reicht." Die Bardame stellte ihr ein Neues hin und sie trank einen kleinen Schluck. Manuela sah sich im Raum um. Nichts los bis jetzt. Sie sah auf die Uhr. Ist ja auch noch früh. Der Ansturm wird hoffentlich noch kommen. Sie seufzte und nippte an ihrem Glas. Ihr Bein wippte im Takt der Musik und sie pfiff die Melodie mit. Freudig sah sie ihre Freundin an. Ich werde dir einen aussuchen. Mal gucken. Sie ließ ihren Blick durch den Raum schweifen. Da sah sie ihn! Der würde Daniela gefallen. Da bin ich mir sicher. Oder schnappe ich ihn mir selber? Sie spitzte die Lippen. Mir gefällt er auch! Sie stand auf und hüstelte. Daniela sah sie fragend an. „Was ist los?" Manuela grinste.

„Siehst du den da hinten an der Tür zu den Toiletten?"

Daniela schaute in die Richtung, in die

Manuela zeigte. „Ja. Wieso?", fragte sie.

„Willst du oder soll ich?"

Daniela seufzte. „Ich mache es. Irgendwann ist immer das erste Mal." Sie stand auf und ging zu dem Mann. Nach einer kurzen Vorstellung setzte sie sich neben ihn. Sie unterhielten sich und Daniela brach in schallendes Gelächter aus. Der Mann stand auf und ging an die Bar. Mit einer Flasche Champagner und zwei Gläsern kam er zurück. Daniela stieß mit ihm an. Er flüsterte ihr etwas ins Ohr und sie kicherte.

„Sie ist gut", flüsterte Manuela der Bardame ins Ohr.

Die Bardame nickte lächelnd und wischte mit einem Lappen über den Tresen. „Neu?", fragte sie Manuela. „Hast du sie her gebracht?"

„Ja", sagte sie nickend.

„Dann geht sie aber gleich ganz schön ran. Das wird Darius freuen."

Manuela beobachtete ihre beste Freundin. Sie sah, wie sich der Mann und anschließend Daniela erhoben und nach oben gingen. Sie grinste in sich hinein. Sehr gut. Du machst es gut. Sie klatschte in die Hände.

Nach einer knappen Stunde kam der Mann wieder in die Bar und verließ das *Pussycat*. Manuela sah ihm nach. Wo ist Daniela? Warum kommt sie nicht? Sie sah zur Treppe.

Sie ging hinauf und klopfte an das Zimmer. Als keiner antwortete, öffnete sie langsam die Tür. Was ist passiert?

Daniela saß, mit dem Rücken zu Manuela gewandt, auf der Bettkante und ihr Gesicht war in den Händen vergraben. „Was habe ich getan?", schluchzte sie. „Das ist so erbärmlich." Sie seufzte. „Das ist doch nicht meine Welt."

Manuela setzte sich neben sie. Vorsichtig legte sie einen Arm um ihre Schultern. „Was ist denn los?"

Daniela legte den Kopf auf ihre Schulter. „Ach Ela." Ela war ihr Spitzname, den Daniela ihr früher gegeben hatte. Manuela gefiel der Name so gut, dass sie ihn auch für ihren Decknamen wählte. „Ich weiß nicht, ob es das Richtige für mich ist." Sie seufzte.

„Beruhige dich. Nach dem ersten Kunden ist das völlig normal." Manuela streichelte ihr den Rücken. „Selbst ich hatte das am Anfang. Ob du es glaubst oder nicht." Sie sah Daniela an. „Gib nicht auf."

„Und was hat dir geholfen?"

Manuela stand auf und ging zu dem Schminktisch. Sie öffnete eine Schublade und holte ein kleines Päckchen mit einem weißen Pulver heraus. Sie zeigte es Daniela und ging langsam auf sie zu. „Das hat mir stets gute Dienste geleistet, wenn ich mal down war."

Daniela sah ihre Freundin ungläubig an. „Ist das ...?" Nein, das kommt nicht in Frage.

Manuela nickte. „Ja, ist es."

„Auf keinen Fall. Ich nehme kein Koks. Nein! Auf keinen Fall!" Daniela schüttelte energisch den Kopf.

„Wie du meinst." Manuela ließ es wieder in der Schublade verschwinden. „Dann noch ein Glas Champagner. Oder besser eine Flasche?" Sie lachte. „Lass den Kopf nicht hängen."

„Das klingt schon besser." Daniela trocknete sich die Tränen und schminkte ihre Augen neu. „Hast du vielleicht noch eine Perücke für mich?", fragte sie Manuela.

Diese öffnete einen Schrank und zum Vorschein kam ein Meer von Perücken. In allen Formen und Schnitten. „Such dir eine aus." Sie grinste Daniela an.

Daniela stellte sich vor die geöffnete Schranktür und schaute überwältigt rein. „Wo hast du die alle her?" Sie lachte.

„Ich kaufe mir ab und zu mal eine."

Daniela entschied sich für eine schwarzhaarige Perücke, die in einem Bobschnitt geschnitten war. Sie setzte sie sich auf und wandte sich Manuela zu. Die kriegte sich vor Lachen kaum ein. „Warum lachst du?", fragte Daniela. „Lachst du mich aus?"

„Damit siehst du aus wie eine Chansonette."

„Hallo, was kann ich für dich tun?", fragte sie mit einem französischen Akzent. „Isch bin die Anni."

„Hey, das ist gut." Manuela hob den Daumen.

„Soll ich eine Französin sein?"

„Das würde Darius Kasse klingeln lassen. Super." Sie klatschte in die Hände.

Gemeinsam gingen sie wieder in die Bar. Die Bardame stellte zwei Gläser mit Champagner vor ihnen hin. Ist das jeden Abend so? Sie seufzte. Ich weiß ja nicht!

„Du siehst gut damit aus", sagte die Bardame, nachdem sie Danielas neue Perücke gemustert hatte. „Steht dir." Sie hob den Daumen. „Willkommen im Team." Sie reichte Daniela die Hand. „Freut mich. Ich hoffe, du wirst dich hier wohl fühlen."

„Das ist Sibylle. Aber wir nennen sie Mutti." Manuela zwinkerte der Bardame zu. „Sie ist die gute Seele des Hauses." Sie prostete ihr zu.

Sibylle streckte Daniela die Hand entgegen. „Hallo, freut mich dich kennenzulernen. Und du bist ...?" Sie sah Daniela fragend an und beugte sich vor. Ihr Busen stützte sich auf dem Tresen ab.

Daniela riss die Augen weit auf. Was für eine Oberweite! Ach du meine Güte! Sie prustete. Ist das alles Natur? Sie konnte ihren Blick nicht abwenden. Sie leerte ihr Glas.

„Isch ´eiße Anni", sagte Daniela und strich sich durch dir Perücke.

„Mir darfst du ruhig deinen richtigen Namen sagen", sagte Sibylle mit einer rauchigen Stimme. Sie lächelte Daniela an. „Oder magst du nicht? Dann vielleicht später. Ich will dich zu nichts drängen." Sie griff nach einem Lappen und wischte über den Tresen. Schließlich zündete sie sich eine Zigarette an und blies den Rauch genüsslich aus. „Das tut gut", sagte sie. „Noch komme ich dazu." Sie lachte.

Langsam füllte sich der Raum. Sibylle drehte die Musik lauter. „Jetzt geht es los", sagte sie zu Daniela. Ihre Adern am Hals kamen zum Vorschein, da sie lauter reden musste, um die Musik zu übertönen. „Morgen bin ich wieder heiser." Sie lachte und fing an zu tanzen. Ihre üppige Oberweite hüpfte im Rhythmus der Musik auf und ab. Sie sang laut mit und kreiste mit den Armen in der Luft. „Party", rief sie und drehte sich im Kreis. Ein Mädchen kam an den Tresen und beugte sich zu Sibylle vor und schrie ihr etwas ins Ohr. Diese nickte und reichte ihr eine große Flasche Champagner. Das Mädchen verschwand lächelnd in der Hand in einer hinteren Ecke.

Es klopfte auf den Tresen. „Hallo Sibylle. Ist Darius auch da?"

Ein junger Mann von schätzungsweise zwanzig Jahren, drängte sich zwischen Manuela und Daniela. Er hatte lange, blonde Haare und eine zierliche Figur. Um den Hals trug er eine silberne Kette mit einem Sternzeichen. Ein Hauch von Moschus stieg Daniela in die Nase. Wer ist er? Ihr Herz klopfte.

„Ja, er ist im Büro", antwortete Sibylle mürrisch. „Du weißt ja, wo es ist."

Der junge Mann entfernte sich pfeifend.

Sibylle sah Daniela an. „Und? Magst du mir deinen richtigen Namen sagen? Oder bist du zu schüchtern?" Die Bardame lachte schrill. „Mir kannst du ruhig vertrauen. Hast doch Manuela vorhin gehört. Ich bin hier die Mutti." Sie lachte. „Ich bin immer für euch da." Sie beugte sich vor.

Daniela guckte immer noch dem jungen Mann hinterher. Was für ein hübscher Kerl! Ihre Hände wurden feucht. Ist er öfter hier?

Manuela stupste sie an. „Hey, Mutti hat dich was gefragt?" Sie seufzte.

Daniela zuckte zusammen. Sie blinzelte und sah Manuela fragend an. „Was? Ich war gerade in Gedanken versunken." Sie schaute ihre Freundin an. „Ich war wohl gerade abwesend." Sie lächelte verklärt. Was für ein Mann! Ob ich mal hinterhergehe? Ihr Körper kribbelte. Für ihn würde ich einen Sonderpreis machen. Sie seufzte tief. Das fängt ja schonmal gut an. Wo soll das enden? Sie sah ihre Freundin an. „Hast du was gesagt?" Sie grinste.

Manuela deutete auf Sibylle. „Sie hat dich was gefragt." Sie verdrehte die Augen. „Was ist los mit dir?"

Daniela sah die Bardame fragend an.

„Oh, entschuldige bitte. Was wolltest du denn wissen?" Sie setzte sich aufrecht hin. „Mich kannst du alles fragen." Sie lächelte sie an.

Sibylle schüttelte den Kopf und lachte. „Nur deinen Namen. Was ist denn mit dir los?"

„Gar nichts", antwortete Daniela unschuldig. „Ich bin Daniela", sagte sie zu Sibylle gewandt. Sie reichte ihr die Hand. „Freut mich." Sie beugte sich vor.

Sibylle zog sie zu sich heran und gab ihr links und rechts einen Schmatzer. „Willkommen im Team", sagte sie. „Wenn dir irgendetwas auf dem Herzen liegt, dann kannst du jederzeit zu mir kommen. Ok?"

Daniela nickte und lächelte sie an. „Danke."

Das Lied endete und das Mädchen, welches an der Stange tanzte, stieg vom Podest herunter und kam an die Bar. Wie hübsch sie aussieht, dachte Daniela. Und ich dagegen ...!

„Pause", schnaufte die Tänzerin. „Siehst

den Kerl in der großen Sitzecke am Spiegel?", fragte sie Sibylle.

Daniela schaute in die Richtung. Der Mann schien, um die achtzig zu sein. Bei dem Gedanken mit ihm auf dem Zimmer zu verschwinden, erschauerte sie. Ich verzichte. Sie grinste.

Sibylle schaute an dem Mädchen vorbei. „Ja", sagte sie.

„Der sext mich die ganze Zeit schon an. Gibst du mir bitte eine Ein-Liter-Flasche Champus und zwei Gläser? Ich gehe jetzt zu ihm. Lass ihn mal bezahlen." Sie lachte und warf ihre langen, braunen Haare zurück.

Sibylle gab ihr das Gewünschte und das Mädchen zog damit ab.

„Wenn du tanzt, kannst du an Kunden kommen", sagte Sibylle zu Daniela. „Magst du es ausprobieren? Du bist neu und musst dir einen Stammkundenkreis aufbauen. Nur Mut." Sie stupste Daniela an. „Ich lege dir auch dein Wunschlied auf." Sie grinste.

Manuela sah ihre Freundin lachend an. „Ich habe es am Anfang auch gemacht", sagte sie. „Sogar heute tue ich es ab und zu."

Daniela nickte. „Ich probier es." Sie beugte sich zu Sibylle. „Hast du das Lied ...?" Sie flüsterte ihr den Titel ins Ohr.

„Natürlich", antwortete die Bardame zwinkernd. „Dann mal los, Anni. Du schaffst das." Sie hob den Daumen. „Bereit? Dann sage ich dich an."

Sibylle griff nach einem Mikrofon, das an der Anlage lag. „Meine Herren, unsere neue Kollegin wird jetzt für euch tanzen. Viel Spaß." Sie legte die CD ein.

Pfiffe drangen durch den Raum, als Daniela das Podest betrat. Sie griff nach der Stange und fing an zu tanzen, als hätte sie im Leben nie etwas anderes getan. Männer drängten sich vor ihr und wedelten mit den Scheinen. „Komm mal her, Puppe", rief ein junger Mann mit Kette.

19. Kapitel

Beschwingt stieg Daniela die Stufen zum *Pussycat* hinauf. Sie öffnete die Tür und betrat den Club. Sibylle bereitete die Bar gerade für den Abend vor. Sie drehte sich um und winkte Daniela zu. „Hallo Mäuschen", rief sie freudig. „Geht es dir gut?" Mit offenen Armen kam sie auf Daniela zu. „Darf ich dich umarmen?", fragte sie. „Du bist so eine Liebe."

„Und wie", antwortete Daniela mit einem Lachen. Sie umarmte Sibylle herzlich. „Geht es dir auch gut?", fragte sie und schaute ihr tief in die Augen.

„Ach, du weißt doch. Schlechten Leuten geht es immer gut." Sie lachte laut und schrill.

„Du bist kein schlechter Mensch. Ich habe dich lieb." Sie drückte ihr einen dicken

Schmatzer auf die Wange.

„Ich habe dich auch lieb", erwiderte sie. „Manuela ist schon oben."

Daniela stieg die schmale Treppe in das obere Stockwerk hinauf. Im Flur kam ihr Frank entgegen und nickte ihr wortlos zu.

Was für ein komischer Kerl, dachte sie. Mit ihm werde ich einfach nicht warm. Der ist so reserviert.

„Was ist los?", fragte Manuela, als Daniela den Raum betrat und vor dem Schließen der Tür noch einmal in den Flur schaute. Daniela schauderte es. Was für ein unheimlicher Kerl! Ich kann ihn nicht leiden. Das Böse springt ihn schon aus dem Gesicht.

„Mir ist gerade Frank entgegengekommen. Sagt nichts und nickt nur. Ich weiß auch nicht, aber der hat so eine kalte Ausstrahlung", sagte Daniela, als sie das Zimmer betrat. „Ich finde den unheimlich." Sie schüttelte sich. „Guck", sagte sie, „kriege ich gleich eine Gänsehaut."

„Mach dir nichts draus. Jedem Mädchen gegenüber, was hier neu anfängt, ist er so.

Das legt sich mit der Zeit." Manuela begrüßte ihre beste Freundin mit einer herzlichen Umarmung. „Du wirst ihn noch lieben lernen. Er ist schon okay." Sie grinste. „Das ist bei ihm nur Schutz. Eigentlich ist er zahm wie ein Lämmchen."

„Wenn du meinst. Ich meine, ich bin jetzt drei Monate hier. Da müsste es langsam besser werden." Sie schüttelte ungläubig den Kopf.

Daniela zog ihren roten BH und die Strapse an und schlüpfte in die High Heels. Sie setzte sich vor den Spiegel, und begann sich zu schminken. „Mal schauen, was heute los ist", sagte sie, nachdem sie den Lippenstift aufgetragen hatte. Sie setzte sich die Perücke auf und drehte sich zu Manuela um. Kokett schlug sie die Beine übereinander. „Isch bin fertisch", flötete sie und blinzelte.

Manuela brach in schallendes Gelächter aus. „Hast du heute Morgen einen Clown gefrühstückt?" Sie legte ihr eine Hand aufs Knie. „Na, wie wäre es mit uns beiden?" Ihre

Hand glitt langsam nach oben.

„Ich habe Lust, heute mal unsere Idee von damals umzusetzen. Wie sieht es aus?", fragte sie aufgeregt. „Bist du dabei?" Sie grinste.

„Machen wir es." Manuela nickte zustimmend. Hand in Hand verließen sie das Zimmer und stiegen die Treppe zur Bar hinunter. Sie kicherten, als sie den Raum betraten. Sibylle blickte auf und lächelte.„Da sind aber zwei gut drauf", sagte sie lachend. „Was stimmt euch denn so fröhlich?"

Manuela sah Daniela an. „Sind wir doch immer", erwiderten sie aus einem Munde. Sie setzten sich auf einen Hocker und Sibylle stellte zwei Gläser Champagner vor ihnen ab. „Du nicht?", fragte Daniela und prostete der Bardame zu. Diese nickte und schenkte sich ebenfalls ein Glas ein. Die drei stießen an und nahmen einen kleinen Schluck. „Das geht runter wie Öl", sagte Sibylle. „Und der prickelt so schön." Sie lachte. „Besser schmeckt er, wenn er ausgegeben wird. Ihr versteht schon." Sie zwinkerte. Ja, da hat sie nicht Unrecht. Daniela grinste und sah sich um.

Ein Mann um die fünfzig betrat die Bar. Er winkte Sibylle zu und suchte sich einen freien Platz im Raum.

„Der zahlt gut. Hat aber auch ungewöhnliche Wünsche", sagte Sibylle ohne den Blick von ihm abzuwenden. „Geht da mal ran."

Manuela nickte Daniela zu. „Wollen wir?" Ohne eine Antwort abzuwarten, bestellte sie bei Sibylle eine Flasche Champus und drei Gläser. Die Bardame reichte es ihr. „Komm." Manuela stand auf. „Dann wollen wir mal. Nehmen wir ihn aus." Sie lächelte den Mann an, während sie auf ihn zugingen. Eine setzte sich rechts und die andere links von ihm hin.

Sibylle beobachtete die drei von ihrem Tresen aus. Sie drehte die Musik lauter. „So muss es sein", murmelte sie und grinste in sich hinein. „Der Rubel muss rollen."

Nach einer kurzen Weile verließen sie mit dem Mann die Bar und verschwanden nach oben. Perfekt! Sibylle klatschte in die Hände. Der Umsatz für heute ist schon mal drin.

Die Bar füllte sich und Sibylle hatte alle Hände voll zu tun.

„Ist Darius hinten?", fragte eine Stimme.

Sibylle drehte sich um. „Ja, ist er", antwortete sie mürrisch.

Der junge Mann verschwand im hinteren Bereich und öffnete eine Tür, auf der *Nur für Mitarbeiter* stand. Sibylle platzte vor Neugier. Ganz unauffällig schlich sie zu der Tür und hielt ein Ohr ran. Was will er jeden Abend hier?, schoss es ihr durch den Kopf.

„Du bezahlst, sonst ...". Darius schrie ihn an.

„Sonst was?", fragte der junge Mann.

Kurz darauf hörte Sibylle, wie etwas durch den Raum geworfen wurde. Sie schlich zurück zur Bar. Kurz darauf wurde die Tür geöffnet und der junge Mann lief mit einer blutenden Wunde am Kopf an ihr vorbei. Hastig verließ er das *Pussycat*. Sie sah ihm hinterher. Was war passiert?

Manuela und Daniela setzten sich an die Bar. „Zwei Champus bitte. Den haben wir uns verdient." Sie lachten. „Das war vielleicht ein Kerl."

„Da seid ihr ja wieder", sagte Sibylle. „Und wie war es?"

„Super. Hat Spaß gemacht." Daniela prostete ihrer Freundin zu. Zwinkernd trank sie einen Schluck. „Das könnten wir öfters machen", sagte sie, als sie das Glas wieder abstellte. „War geil." Sie leckte sich über die Lippen. „Was meinst du?"

„Dreier?", fragte Sibylle. „Das kommt bei dem gut an."

„Haben wir gemerkt." Manuela lachte. „Den haben wir im Sack", sagte sie zu Daniela. Beide klatschten sich in die Hände.

Daniela hob den Daumen. „Jo." Nach einer kurzen Pause fuhr sie fort. „Der nächste Stammkunde." Sie lachte.

Sie bereute keine Sekunde, seitdem sie im *Pussycat* arbeitete. Sie liebte ihre Arbeit. Obwohl es Tage gab, an denen es gar nicht so leicht war. Aber dennoch, sie liebte ihre

Arbeit. In jedem Job gibt es gute und schlechte Tage.

„Ihr habt vorhin was verpasst", durchbrach Sibylle Danielas Gedanken. „Das hättet ihr sehen müssen." Sie beugte sich vor und wies Manuela und Daniela an, mit ihren Köpfen näherzukommen. Bis ins kleinste Detail erzählte sie was sie gesehen und gehört hatte. Als sie geendet hatte, sah sie die beiden Frauen an. „Was sagt ihr dazu? Irgendwas muss da doch im Argen liegen. Ich würde zu gerne wissen, was?" Sie spitzte ihre Lippen. „Ich platze vor Neugier. Ich glaube, ich frage Frank mal. Der ist sehr gesprächig, wenn man ihn heiß macht." Sie grinste. „Das müsste mir noch gelingen." Sie stellte sich aufrecht hin und streckte ihre Oberweite heraus. „Denen kann keiner widerstehen." Sie hob ihre Brüste an und lachte. „Was sagt ihr?"

Daniela sah sie fragend an. „Der junge, nette Mann, der fast jeden Abend hier ist?" Ihr Herz pochte in ihrer Brust.

Sibylle nickte. „Genau der. Irgendwas ist

da im Busch."

„Wie heißt der eigentlich?", fragte Daniela. „Würde mich schon interessieren." Sie seufzte. „Der ist so nett." Ihr Gesicht wurde rot.

Sibylle zuckte mit den Schultern. „Keine Ahnung. Warum?" Sie sah Daniela von oben bis unten an. „Wäre das wichtig?" Sie beugte sich vor.

Daniela sah zu Boden. „Nur so", flötete sie. „Nicht was ihr jetzt denkt."

Manuela warf ihrer Freundin einen strafenden Blick zu. „Danny", sagte sie mit erhobener Stimme. „Regel Nummer eins: Verliebe dich hier nie in einen Kunden. Das ist ganz wichtig. Du verkaufst hier nur Illusionen und so sehen dich auch die Kunden. Nicht als Mensch." Sie hob ihren Zeigefinger. „Denke immer dran. Es macht dich nur unglücklich. Und das will ich nicht. Hast du verstanden? Liebe – verboten." Sie sah Daniela durchdringend an. „Keine Liebe." Sie schob ihr ein Glas Champagner zu. „Hier, trink lieber noch einen." Sie prostete ihr zu. „Ich habe fertig. Prost." Sie lachte. „Das war jetzt dein Wort zum Sonntag."

Daniela winkte ab. „Ach Quatsch. Ich verliebe mich doch nicht. Aber du musst zugeben, dass er ganz süß aussieht."

Manuela schüttelte sich. „Nee, gar nicht. Der sieht abgewrackt aus. Der ist bestimmt ein Junkie." Sie verdrehte die Augen. „Den würde ich nicht mal mit der Kneifzange anfassen."

Und wenn es so wäre, Daniela mochte ihn, obwohl sie noch kein Wort mit ihm gewechselt hat. Aber sie hoffte, dass der Moment eines Tages kommen würde. Und wenn es so weit ist, wird sie umgehend zuschlagen. Ihr Herz schlug ihr bis zum Hals.

20. Kapitel

Das Taxi hielt um kurz vor zwei vor der Herbertstraße. Der Fahrer drehte sich zu Daniela um, die auf dem Rücksitz saß. Sie bezahlte und stieg aus. Der Mann am Steuer schaute ihr hinterher und fuhr davon.

Sie schlängelte sich durch den Zaun. Die roten Laternen vor den Fenstern brannten. Frauen liefen auf der Straße auf und ab. Einige warfen ihr böse Blicke zu. „Du Schlampe", schrie eine. „Verzieh dich."

Hier hat sich alles verändert. Als sie hier gearbeitet hatte, waren die Frauen netter. Jetzt sind sie auf Kampfmodus. Was ist hier bloß geschehen? Sie schüttelte seufzend den Kopf. Was ist hier nur los?

Die Leuchtreklame vom *Pussycat* flackerte. Die Holztür sah abgewrackt aus, Aufkleber zierten das dunkle Holz. Der

Türgriff war abgegriffen und auf der Treppe zum Eingang lagen Zigarettenstummel. Langsam stieg sie die Stufen hinauf. Ihre Hände zitterten, als sie die Tür öffnete. Musik und Stimmen drangen nach draußen. Ein Mann mit Schlapphut und langem Mantel schob sich an ihr vorbei. Sie betrat die Bar und blieb stehen. Ihre Knie wurden weich. Hinter der Bar erblickte sie Sibylle. Sie hat sich in der Zeit gar nicht verändert. Langsam ging sie auf sie zu. Die Bardame drehte sich um und musterte sie argwöhnisch von oben bis unten. Daniela schluckte. Wird sie mich erkennen? Wenn Blicke töten könnten, würde ich auf der Stelle tot umfallen. Aber ich muss Emma retten! Koste es, was es wolle! „Hallo", sagte Daniela kaum hörbar. Ihre Stimme erstickte. Sie hüstelte. „Da bin ich wieder." Sie lächelte gequält. „Kennst du mich noch?" Sie ging langsam auf Sibylle zu. Sie reichte ihr die Hand. „Ich bin es." Ihre Augen füllten sich mit Tränen. „Sibylle." Die Bardame sah sie hasserfüllt an. Dieser Blick ... Daniela lief ein

Schauer über den Rücken. Was mache ich jetzt bloß? Augen zu und durch. Hier geht es um Emma. Sie streckte ihren Busen raus.

„Kann ich ihnen helfen?", fragte Sibylle trotzig. „Oder hast du dich in der Tür geirrt, Schätzchen?" Sie musterte Daniela von oben bis unten. „Willst du eine auf's Maul?"

Daniela schüttelte den Kopf. Warum erkennt sie mich nicht mehr? Was soll ich machen? Sie seufzte. „Ich bin es. Kennst du mich noch?"

Sibylle drückte ihre Zigarette aus. Der Aschenbecher quoll langsam über. „Nee ... woher?" Sie schenkte einem Mann ein Glas Rum ein und stellte es vor ihm auf der Theke ab. „Zahlst du gleich oder später, Schätzchen?", fragte sie ihn.

„Später", antwortete er. „Ich will noch nach oben." Er grinste.

Sibylle wandte sich wieder Daniela zu. „Also, woher soll ich sie kennen?" Sie zündete sich eine Zigarette an und blies den Rauch in ihr Gesicht. „Ich habe keine Zeit für Spielchen."

Daniela hustete und wedelte den Rauch mit der Hand weg. „Ich bin es ... Anni."

„Nein", rief Sibylle freudig aus. „Warum hast du das nicht gleich gesagt. Mensch, wie lange ist das jetzt her?"

„25 Jahre."

Sibylle umarmte Daniela herzlich. „Was treibt dich denn hierher?" Sie sah sie fragend an. „Mensch. Nach all der Zeit."

„Ich möchte zu Darius."

Will sie wieder einsteigen?, schoss es der Bardame durch den Kopf. „Der ist im Büro." Sie zeigte auf die hintere Tür.

Mit weichen Knien schritt Daniela auf die Tür zu. Zaghaft klopfte sie. Als keiner antwortete, klopfte sie fester. Das Herz sprang ihr fast aus der Brust.

Frank öffnete die Tür und bat sie hinein.

Hier war sie nie dringewesen. Auch damals nicht, als sie noch hier gearbeitet hatte. Der Raum war nicht sonderlich groß. In der Mitte stand ein kleiner Schreibtisch. Der Teppichboden war abgetreten und zog Fäden. Eine nackte Glühbirne hang von der

Decke. Postern von Pin-up-Girls hingen an den Wänden. Die Tapete löste sich an den oberen Ecken ab. In einer Ecke stand eine nackte Schaufensterpuppe. Frank wies ihr einen alten, wackligen Stuhl vor dem Schreibtisch zu. Sie setzte sich vorsichtig, damit der Stuhl nicht zusammenbricht. Darius beugte sich vor. Kann er nicht mal die Sonnenbrille abnehmen? Sie schluckte schwer. Wo ist Emma? Sie blickte sich um. Geht es ihr gut?

„Schön, dass du da bist", sagte er heiser.

„Wo ist Emma?", fragte Daniela. Ihre Stimme zitterte. „Geht es ihr gut?"

Darius lehnte sich zurück und faltete die Hände auf dem Bauch. „Nicht so schnell, junge Frau." Er schlug die Beine übereinander. „Wie Frank dir schon gesagt hat, ist sie bei mir."

„Was willst du? Ich zahle jeden Preis."

Darius brach in schallendes Gelächter aus. „Ich will kein Geld. Ich will etwas ganz anderes." Sie fühlte seine Blicke durch die Brille.

„Was? Sag es mir. Ich tue alles, was du willst."

Er grinste diabolisch. Sein goldener Eckzahn blitzte in dem fahlen Licht. „Das hört sich schonmal gut an."

Daniela sah in stumm an. Was will er? Soll ich wieder einsteigen?

„Weißt du noch, was du mir vor 25 Jahren versprochen hast?", durchbrach er die Stille.

Daniela überlegte. „Manuela", hauchte sie schließlich. Ihre Blicke wanderten über den verschlissenen Teppich. Ihr Mund fühlte sich trocken an. Sie schluckte schwer. Mit traurigen Augen sah sie ihren ehemaligen Chef an. Ihre Lippen wurden spröde. „Sie wurde bestialisch ermordet." Ihre Stimme war kaum zu hören. Ihre Gedanken fuhren in ihrem Kopf Achterbahn und sie hatte sich nicht angeschnallt. „Ich habe dir ...". Sie brach ab. Tränen stiegen in ihre Augen. Sie fing an zu schluchzen. „Meinst du das?" Tränen rannen ihr über die Wangen. „Nach all der Zeit? Was soll das bringen?" Ihre

Stimme überschlug sich. „Das macht doch keinen Sinn." Sie schüttelte den Kopf. „Gib mir Emma." Sie stand auf. „Sofort! Oder ...". Sie brach ab. Soll ich wirklich mit der Polizei drohen? Sie sah Darius an. „Warum?" Sie dachte nach. „Du willst ...?" Sie riss ihre Augen auf.

Darius zeigte mit dem Finger auf sie. „Genau. Du hast mir versprochen, den Täter zu finden." Er plusterte sich auf.

Daniela nickte. „Ich weiß", sagte sie kleinlaut.

„Und wo ist er?" Darius knallte die Faust auf den Tisch. „Du hast es versprochen. Seit 25 Jahren warte ich. Ich habe jetzt die Schnauze voll", schrie er sie an.

Daniela zuckte zusammen. Erschrocken starrte sie ihn an. „Ich weiß nicht, wie ich das anstellen soll." Sie setzte sich langsam wieder. „Ich weiß es einfach nicht."

Darius seufzte tief. „Das ist dir überlassen." Er hustete, dann fuhr er fort. „Aber ich bin kein Unmensch. Ich gebe dir Zeit."

Daniela atmete auf. Zeit braucht sie auch dafür. Das geht nicht von heute auf morgen.

Darius legte den Kopf in den Nacken. „Ich gebe dir 72 Stunden. Dann will ich den Mörder von Manuela." Seine Blicke trafen durch die Sonnenbrille Daniela direkt ins Herz. Sie schluckte.

Ihr Mund stand weit offen. Hatte sie sich verhört? Oder sagte er wirklich 72 Stunden? Ihr Herz sprang fast aus der Brust. „Was ist, wenn ich es nicht schaffe?"

„Dann wird es deiner Tochter ganz schlecht ergehen." Er gab Frank ein Zeichen.

Daniela drehte den Kopf. Der Assistent hielt eine Pistole an den Kopf der Schaufensterpuppe und drückte ab. Der Kopf der Puppe zerbarst in tausend Stücke. Daniela hielt sich schützend die Hände vor ihr Gesicht. Sie schluckte und wandte sich wieder Darius zu.

Dieser schaute auf seine goldene Armbanduhr. „Also, wir haben jetzt Freitag morgen vier Uhr. Bis Montag morgen vier Uhr möchte ich den Mörder hier sitzen haben. Und deine Tochter ist frei." Er hob seine Arme.

Langsam erhob sich Daniela aus dem wackligen Stuhl. Sie schlich zur Tür und öffnete sie. Ohne ein Wort zu sagen, verließ sie das Büro. Drei Tage!

„Hey, was wollte er?" Sibylles Stimme klang dumpf. Daniela nahm sie kaum wahr.

Mit Tränen in den Augen sah sie sie an. Die Bardame kam hinter der Theke hervor und nahm sie in den Arm. „Was ist denn passiert?"

Daniela löste sich aus der Umarmung, ohne ihr eine Erklärung zu geben. Entsetzt verließ sie das *Pussycat*. Wie ein ausgesetzter Hund trottete sie die Herbertstraße hinunter. Die Schimpfwörter, die ihr die Frauen hinterherwarfen, hörte sie nicht. Tränen stiegen ihr in die Augen. 72 Stunden! Wie soll sie das hinkriegen? Wo anfangen? Sie schlängelte sich durch den Bretterzaun, ohne den Blick zu heben. Nach einer Weile erreichte sie den Hafen. Sie setzte sich auf eine freie Bank und schaute auf das Wasser.

Die Wellen brachen sich sanft an den Kaimauern. Möwen flogen kreischend über sie hinweg. Containerschiffe verließen den Hafen und steuerten auf die offene See zu. Kreuzfahrtschiffe legten an und die Passagiere strömten mit ihren Koffern von Bord. Wie soll ich das in drei Tagen schaffen? Sie schaute in den Himmel. Wolken zogen friedlich ihre Bahnen. Die Sonne stieg langsam über den Hafen empor. Ein frischer Wind strich Daniela durchs Haar. Sie sog tief die salzige Luft ein. Mit dem Handrücken wischte sie sich die Tränen ab. Bloß nicht weinen. Wenn mich jemand sieht. Sie sah sich um. Die Leute, die an ihr vorbeieilten, nahmen von ihr keine Notiz. Sie seufzte schwer. Wie soll ich das anstellen? Sie schaute in den Himmel. Lieber Gott, bitte hilf mir. Ich weiß nicht, was ich machen soll. Warum kommt er damit nach 25 Jahren an? Ich verstehe es nicht. Aber ich muss meine Tochter befreien. Sie vergrub ihr Gesicht in den Händen und fing an bitterlich zu weinen. Wo hält er dich gefangen? In seinem

Loft? Nein, das wäre zu einfach. Wo bist du Mäuschen? Sie schluchzte. Wo fange ich nur an? Sie stand auf. Reiß dich zusammen. Du musst jetzt stark sein. Sie holte tief Luft. „Mama wird dich befreien, Mäuschen." Ihr Herz klopfte. So müsste es gehen. Ich habe ja da noch was.

Langsam ging zum Taxistand. Sie stieg in ein Freies ein und fuhr nach Hause.

21. Kapitel

Daniela stieg vor ihrem Haus aus dem Taxi. In Gedanken versunken öffnete sie die Pforte. Für einen Moment blieb sie im Vorgarten stehen und sah sich um. Die Geranien standen in voller Blüte. Sie lächelte. Als sie dastand, klopfte es ans Küchenfenster. Sie blickte auf und sah, wie ihr Mann Norman ihr zuwinkte. Er darf auf keinen Fall erfahren, wo ich war. Das wäre das Ende. Sie seufzte.

Er riss das Fenster auf. „Schatz, was ist passiert?"

Ohne ein Wort von sich zu geben, schlich sie zur Haustür. Diese wurde sogleich aufgerissen. Ellen stand im Flur und sah sie mitleidig an.

„Liebes, wo kommst du jetzt her? Wir haben uns Sorgen gemacht!"

„Wir?" Daniela bekam kaum ein Wort heraus. Hat ihre Nachbarin die ganze Nacht hier mit Norman gewartet? Warum? Ahnt sie etwa was? Daniela sah Ellen mit großen Augen fragend an. Sie darf nie erfahren, dass Manuela nicht nur ihre beste Freundin war, sondern auch eine Kollegin und Daniela den Mörder innerhalb von 72 Stunden finden soll. Nach 25 Jahren! Das würde Ellen einen Schock versetzen ... wenn nicht sogar töten. Nein, das Risiko war zu groß. „Hast du hier die ganze Nacht gewartet?", fragte sie Ellen ungläubig. „Warum?" Daniela hing ihre Tasche an die Garderobe. Sie wollte die Küche betreten, als Norman sie festhielt und zurückzog. Seine Augen blitzten auf vor Wut. Daniela schluckte. Ihr Mund fühlte sich trocken an. Nein, bitte frag nicht, dachte sie. Ihr Herz schlug wild in ihrer Brust. Sie sah ihren Mann traurig an. „Entschuldige bitte." Sie schlang ihre Arme um seinen Hals und drückte sich fest an ihn. „Das war nicht meine Absicht, dass du ...". Sie sah zu Ellen hinüber. „... ihr euch Sorgen macht", berichtigte sie sich. Norman löste sich aus ihrer Umarmung und sah seine Frau an. Er würde es eh nicht verstehen, schoss es ihr durch den Kopf.

„Na ja, du warst die ganze Nacht verschwunden", sagte Norman. „Ich war gegen vier zu Hause und du warst nirgendwo zu finden. Da habe ich Ellen aus dem Bett geklingelt, weil ich dachte, dass du bei ihr wärst. Sie ist gleich rübergekommen."

„Du siehst furchtbar aus", sagte Ellen. Und damit hatte sie Recht. Danielas Haare waren zerwühlt, die Wimperntusche verschmiert. Mit hängenden Schultern und gesenktem Kopf, stand sie vor ihnen. Sie schluckte schwer. „Wo warst du Liebes?" Sie streichelte ihr sanft die Wangen. „Du weißt doch, dass du mit mir über alles reden kannst."

„Tut mir leid", hauchte sie und schlich in die Küche. Mit zitternden Händen goss sie sich einen Kaffee ein. An die Spüle gelehnt, trank sie einen kleinen Schluck.

Norman und Ellen folgten ihr sorgenvoll.

„Wo warst du eigentlich?" Er stellte sich neben seine Frau und verschränkte die Arme vor der Brust.

„Ich war ...". Daniela pustete in die Kaffeetasse. Keiner von beiden sollte wissen, wo sie war und mit wem sie sich getroffen hat. Das würde nur unnötige Fragen aufwerfen und bei Ellen mit Sicherheit alte Wunden wieder aufreißen. Norman und Ellen hatten doch keine Ahnung. Sie wussten nichts über ihre Vergangenheit. Manuela hatte ihrer Mutter nie erzählt, dass sie und Daniela Kolleginnen waren. „Ich habe Emma gesucht", sagte sie und schlürfte einen Schluck Kaffee. „Ich habe sie nicht gefunden." Sie unterdrückte ihre Tränen. 72 Stunden, schoss ihr die Stimme von Darius durch den Kopf. Sonst wird es deiner Tochter sehr schlecht ergehen. Vor ihrem geistigen Auge sah sie den Kopf der Schaufensterpuppe zerplatzen. Wenn sie sich vorstellte, dass es Emmas Kopf wäre ... Ihr Magen drehte sich. Sie spürte einen dicken Kloß im Hals. Nun konnte sie ihre Tränen nicht mehr zurückhalten. Sie vergrub ihr Gesicht in den Händen. Norman nahm seine Frau liebevoll in den Arm. Sie drückte sich fest an ihn. „Was soll ich nur tun?" Auch wenn sie in ihrer Verzweiflung drohte zu ertrinken, war sie Manuela dankbar, dass sie Ellen nie etwas erzählt hatte. Sonst wäre ihre Nachbarin jetzt nicht hier. Hoffentlich tut Darius ihr nichts an, dachte sie. Sie vergrub ihr Gesicht tiefer an Normans Schulter. „Ich weiß nicht mehr weiter. Sie könnte irgendwo tot liegen. Entsorgt wie Müll." Sie weinte bitterlich. „Warum wir?" Mit tränenerfüllten Augen und zerwühlten Haaren sah sie Norman und Ellen an. „Wir haben nie jemandem etwas getan." Sie drehte sich um und sah aus dem Küchenfenster. Sie holte tief Luft. „Ich kann hier nicht so untätig rumsitzen und abwarten. Ich muss meine Tochter finden. Auch wenn ich dabei über Leichen gehen muss. Ich hole sie zurück." Sie ballte ihre Hände. Wut stieg in ihr hoch. Sie wandte sich ihrem Mann zu. „Und anstatt mir beizustehen und mich zu unterstützen, treibst du dich lieber in München rum", sagte sie streng. „Sie ist auch deine Tochter", schrie sie. Daniela erhob ihre Hand. Norman schob ihre Hand sanft zur Seite. Er sah sie mitleidig an. Tränen liefen über Danielas Wangen. „Ich hasse dich", zischte sie. „Deine Arbeit ist dir wichtiger, wie deine Familie." Sie drängte ihn zur Seite und stürmte zur Tür. Im Türrahmen blieb sie stehen und drehte sich zu ihm um. „Von mir aus kannst du gleich in München bleiben." Hass sprang ihm aus ihren Augen entgegen. „Auf so einen Ehemann kann ich verzichten." Sie schaute ihn verächtlich an. „Emma braucht einen fürsorglichen Vater und keinen, der sie in ihrer größten Not alleine lässt." Sie raufte sich die Haare. Speichel floss aus ihrem Mundwinkel. Wie ein Bullterrier fletschte sie ihre Zähne. „Verschwinde", brüllte sie. „Alle beide." Sie stürmte aus der Küche. Norman und Ellen sahen sich an. Daniela stapfte die Treppe zum oberen Stockwerk hinauf. Norman folgte ihr, während Ellen am Treppenabsatz wartete und sie ängstlich ansah. Norman hielt Daniela am Arm fest. „Lass mich los", schrie sie. Sie wandte sich wie ein gefangenes Tier in der Falle. Sie stieß ihn zur Seite. Norman verlor das Gleichgewicht und taumelte nach hinten. „Pass auf", rief Ellen von unten. Sie hielt sich entsetzt die Hand vor den Mund. Norman konnte sich rechtzeitig am Geländer festhalten. Adern traten an seinen muskulösen Oberarmen hervor. Daniela sah ihn, geschockt über ihre Tat, an. Sie zitterte. „Es tut mir leid", wimmerte sie. „Das wollte ich nicht." Sie zog ihn an sich heran. Sie drückte ihn fest. Norman küsste sie zärtlich auf die Stirn. „Wir werden sie finden, ja?" Daniela sah ihn hoffnungsvoll an. „Dann werden wir eine glückliche Familie sein. Bitte verlass uns nicht." Sie streichelte ihrem Mann über das Gesicht. „Ja? Du wirst immer bei uns bleiben." Tränen liefen ihr über die Wangen. Sie schluchzte. Sie drückte ihren Kopf an seine Brust. Moschus stieg ihr in die Nase. „Ich liebe dich." Sie krallte ihre Nägel in seine Haut. „Verlass mich nicht." Sie sah ihn an. Langsam löste sie sich und ging Richtung Kinderzimmer. Norman stand am oberen Treppenabsatz und sah ihr hinterher. Er seufzte. Langsam stieg er die Treppe herunter und sah Ellen verzweifelt an. Sie gingen in die Küche und Ellen setzte sich. Kurze Zeit später erschien Daniela mit Emmas Lieblingskuscheltier im Arm. Sie drückte es fest an sich. Deprimiert sah sie Norman und Ellen an. Sie legte den Teddy auf die Arbeitsfläche und griff nach ihrer Kaffeetasse. Sie trank einen Schluck und verzog das Gesicht. Sie schüttete den kalten, bitteren Kaffee in den Abfluss und stellte die Tasse in die Spüle. Sie blickte aus dem Fenster und seufzte. Ihr Nachbar von gegenüber fuhr langsam vom Hof und brauste um die Ecke. Daniela sah auf die Uhr. Sie schnaubte sich die Nase. Emma, wo bist du? Wo hält Darius dich gefangen? Ihre Gedanken kreisten wild in ihrem Kopf. Sie stellte sich vor, wie ihre Tochter in einem dunklen, muffigen Keller gefesselt und geknebelt festgehalten wurde. Wut stieg in ihr hoch. Sie zuckte zusammen, als eine Hand sie von hinten an der Schulter berührte. Sie drehte sich um und sah in die blauen Augen ihres Mannes. „Es tut mir leid", flüsterte sie. „Ich bin ...". Sie brach ab. „Was sollen wir nur tun?" Sie sah ihn hilfesuchend an. „Was? Sag es mir?" Entnervt wandte sie sich von ihm ab. Sie nahm einen Lappen und wischte über den Küchentresen. Als sie damit fertig war, schmiss sie ihn in die Spüle. „Sag was!" Sie musste sich zusammenreißen, damit sie ihn nicht anschreit. „Was?" Sie sah ihren Mann aggressiv an. Norman nahm sie in den Arm und drückte sie fest. Sie riss sich von ihm los. „Lass das sein", zischte sie. „Sei endlich mal ein Mann." Sie trommelte mit den Fäusten gegen seine Brust. Energisch hielt er sie fest und sah sie an. Er schnaufte wie eine Dampflok. Seine Augen blitzten.

„Schatz, warum tust du dir das an? Die Polizei wird sie schon finden."

„Die Polizei", schrie Daniela ihn an. „Die

machen doch gar nichts. Was wäre, wenn sie in drei Tagen tot wäre?" Sie hielt inne.

„Wie kommst du darauf?", fragte Ellen. Sie erhob sich langsam von dem Hocker, auf dem sie saß und hielt sich am Küchentresen fest.

Daniela winkte ab. „Ach nur so."

Ellen sah Norman traurig an. Wie konnte sie ihr nur helfen? Ihr Herz wurde schwer. Sie schnappte nach Luft und griff sich an die Brust.

„Alles in Ordnung?" Norman sah die Nachbarin erschrocken an. Er stürmte auf sie zu und konnte sie gerade noch rechtzeitig auffangen. Ellen setzte sich auf einen Hocker. „Was ist los?" Daniela eilte aufgeregt zu ihr. „Geht es dir nicht gut?", fragte sie besorgt. Die ganze Aufregung bringt sie noch um, flüsterte ihre innere Stimme. „Komm, setz dich."

„Geht schon", schnaufte Ellen.

„Oh mein Gott." Daniela hielt sich die Hand vor den Mund. Mit weit aufgerissenen Augen sah sie in Ellens blasses Gesicht.

„Komm, leg dich aufs Sofa. Hast du Schmerzen?"

Norman brachte die alte Dame ins Wohnzimmer und legte sie aufs Sofa. Daniela folgte ihnen und legte ihre Beine hoch.

„Ich kriege schwer Luft", japste Ellen. „Es sticht so."

Daniela sah Norman an. „Wir müssen einen Notarzt rufen." Norman stand wie versteinert im Raum. „Nun mach schon", schrie Daniela. Zu Ellen gewandt sagte sie: „Es wird alles wieder gut" und streichelte ihr über den Kopf. „Der Notarzt ist unterwegs." Bitte, lass sie nicht sterben, betete sie innerlich. Noch einen Verlust verkrafte ich nicht. „Es tut mir leid, Ellen", flüsterte Daniela. „Es tut mir alles so leid." Sie streichelte der alten Dame den Arm. „Du wirst wieder ganz gesund. Emma braucht doch ihre Oma." Sie lächelte Ellen an, die sie mit starren Augen ansah. „Du darfst uns nicht alleine lassen. Was würde ich nur ohne dich anfangen?" Sie küsste ihrer Nachbarin die Hand. Wo bleibt nur der Notarzt? „Hast du angerufen?", fragte sie Norman, der sich langsam auf den Sessel sinken ließ. Er nickte stumm. „Gut", hauchte Daniela. „Es wird alles wieder gut", flüsterte sie der Nachbarin zu. „Du musst jetzt kämpfen. Hörst du?"

Ellen schloss die Augen. „Ich bin so müde", flüsterte sie.

„Nein, bleib bei uns", flehte Daniela sie an. „Lass mich nicht alleine." Sie warf den Kopf in den Nacken. „Das ist alles meine Schuld", schluchzte sie. „Ich habe sie umgebracht."

Norman legte eine Hand auf ihre Schulter. „Das darfst du nicht sagen. Sie ist nicht tot."

„Seh sie doch mal an. Wie sie da liegt." Genauso fand sie Manuela damals vor.

Aus der Ferne hörte sie ein Martinshorn und lief zum Küchenfenster. „Der Notarzt ist da." Sie rannte zur Haustür und ließ die Sanitäter und den Arzt herein. Mit blassem Gesicht stand sie hinter ihnen, während sie Ellen untersuchten. Der Notarzt warf mit medizinischen Begriffen um sich, die Daniela nicht verstand. „Ist sie ...?" Sie wagte es nicht auszusprechen. Tränen traten ihr in die Augen. Sie lehnte sich an Norman, der sie fest an sich drückte. „Wird sie es schaffen, Herr Doktor?" Sie schluchzte. Der Arzt legte eine Infusion, während der erste Sanitäter den Puls und Blutdruck maß. Leise flüsterte er dem Arzt die Werte zu. Der Notarzt schloss den Koffer und erhob sich. Er sah Daniela und Norman an. „Ist sie ...? Ich kann es nicht aussprechen", schluchzte Daniela. Mit einem verschwommenen Blick sah sie den Arzt an. „Bitte sagen sie es uns." Ich habe sie auf dem Gewissen, dachte sie. Es ist alles meine Schuld. „Herr Doktor ...", setzte Daniela an. Sie beobachtete ihn, während er langsam aufstand. „Sie ist doch nicht etwa ...?" Sie wimmerte. Norman streichelte seiner Frau sanft über den Rücken. Daniela machte einen Schritt auf ihn zu. Alles meine Schuld, schallt sie sich selbst. Ich habe Ellen auf dem Gewissen. Sie machte sich schwere Vorwürfe. „Bitte, sagen sie es uns", flehte sie ihn an.

Der Notarzt sah sie sorgenvoll an. „Nein, ist sie nicht. Aber ihr Puls ist schwach, der Blutdruck ist unten. Hätten sie uns zehn Minuten später gerufen, hätten wir nichts mehr tun können. Wir nehmen sie jetzt mit. Sind sie Verwandtschaft?", fragte er Norman.

Daniela schüttelte den Kopf. „Nein, nur gute Nachbarn. Meine Tochter …". Sie brach ab.

Der Notarzt sah sie fragend an. Als keine Antwort kam, ergriff er das Wort. „Wie gesagt, wir nehmen sie jetzt mit und bringen sie erstmal auf die Intensivstation. Das wird schon wieder Frau Huthman. Wir tun, was wir können."

Die Sanitäter hoben Ellen auf die Trage und trugen sie hinaus. Mit Martinshorn und Blaulicht brausten sie davon. Daniela ließ sich aufs Sofa sinken. „Alles meine Schuld", murmelte sie. „Alles meine Schuld." Sie starrte auf den Boden. „Ich wünschte, das wäre alles nie passiert." Sie sah ihren Mann an. „Ich bin an allem schuld." Bitte lieber

Gott, hilf uns.

Norman hockte sich vor ihr hin. „Nichts ist deine Schuld, Schatz." Er streichelte ihren Oberschenkel.

Wenn du wüsstest, dachte sie. Du würdest mich umbringen. Sie sah ihn mit tränenerfüllten Augen an. Sie schluchzte und nahm seine Hand.

„Lass mich nicht alleine", hauchte sie. „Ja? Bleib heute zu Hause. Bitte."

Norman seufzte und wandte den Blick von ihr ab. „Das geht nicht", sagte er nach einer Weile. „Du weißt doch ... der Münchener Auftrag."

Sie nickte. „Ja, ja. Ich verstehe schon. Ich gehe lieber ins Büro, dort habe ich Ruhe vor meine Psychofrau. So denkst du doch." Sie verschränkte ihre Arme vor der Brust und erhob sich. „Dann geh doch." Sie stellte sich an das Wohnzimmerfenster.

Norman schüttelte den Kopf und stand auf. „Wenn du meinst. Dann fahre ich jetzt los. Versuch etwas zu schlafen. Ok?" Er ging zur Tür, dann drehte er sich noch einmal zu seiner Frau um. „Ich werde versuchen, früher Feierabend zu machen." Mit diesen Worten verließ er das Haus.

Daniela würdigte ihm keines Blickes und sagte kein Ton. Sie war einfach nur wütend, dass er sie jetzt alleine lässt. Und Ellen ist auch nicht mehr da. Sie ist ganz auf sich gestellt. „Ich werde kämpfen", murmelte sie. „Und ich werde meine Tochter aus deinen Klauen befreien. Ich liefer dir das, was du verlangst, Darius." Mit schweren Gedanken stieg sie die Treppe hinauf und legte sich aufs Bett. Die Müdigkeit übermannte sie und sie schlief schnell ein.

22. Kapitel

Emma öffnete leise die Tür des Gästezimmers. Vorsichtig steckte sie ihren Kopf heraus und sah sich um. Ihre Puppe hielt sie fest im Arm. Sie hielt sich einen Finger vor den Mund. „Pscht, Patty. Wir müssen ganz leise sein", flüsterte sie ihrer Puppe ins Ohr.

Barfüßig tapste sie zum Sofa und setzte sich. Noch keiner wach. Alle schliefen noch tief und fest. Die Sonne schien durch die großen Fenster hinein und ließen das Loft in einem warmen Licht erstrahlen.

Emma stand wieder auf und schlich zum Fenster. Sie schaute hinaus. Ganz schön hoch, dachte sie. Sie drehte sich um und tapste zur Brandschutztür. Vorsichtig drückte sie die Klinke herunter.

Verschlossen. Warum wird die Tür

abgeschlossen?, schoss es ihr durch den Kopf. Das machen ja noch nicht mal Mama und Papa. Verwundert ging sie zurück zum Sofa, nahm ihre Puppe und verschwand wieder im Gästezimmer. Nachdem sie die Tür geschlossen hatte, sprang sie ins Bett. „Mama und Papa werden uns hier wieder rausholen, Patty. Wir müssen nur Geduld haben." Sie drückte die Puppe fest an sich und seufzte. Wie komme ich hier nur raus? Sie stand auf und tapste zum Fenster.

Kurze Zeit später hörte sie, wie jemand murmelte. Sie drehte sich um und schlich zur Tür. Sie lauschte angestrengt. Aus Angst etwas nicht mitzubekommen, traute sie sich, kaum zu atmen.

Sie verstand nur ein paar Brocken.

„Gut, dann werden wir es so machen. Gute Idee."

Schwere Schritte kamen auf die Tür zu. Schnell eilte sie ins Bett und warf die Decke über den Kopf.

Langsam wurde die Tür geöffnet und Darius steckte den Kopf hinein. „Schläfst du noch?", flüsterte er.

Emma rührte sich nicht. Die Tür wurde wieder leise geschlossen.

Emma seufzte erleichtert. Das war knapp. Sie starrte an die Decke und überlegte. Hierbleiben und auf Rettung warten oder in einem unbeobachteten Moment die Flucht ergreifen? Schlecht erging es ihr ja nicht, aber sie vermisste die Wärme ihrer Eltern. Sie drückte die Puppe ganz fest an sich. Langsam stand sie auf und setzte sich auf die Bettkante. Dann ging sie zur Tür und öffnete sie. Darius stand in der offenen Küche und ließ sich einen Kaffee durch. Sein Morgenmantel im Leopardenmuster war geöffnet. Das konnte sie von hinten erkennen. Er drehte sich zu ihr um und lächelte. Ein muskulöser Oberkörper, der tätowiert war, sprang ihr ins Auge. Schnell schloss er den Morgenmantel und lächelte sie verlegen an. Emma rieb sich die Augen und gähnte. Sie schloss die Tür und tapste schlaftrunken in die Küche. „Guten Morgen", sagte sie und hangelte sich auf einen Hocker am Küchentresen. Die Puppe legte sie auf die Fläche. Mit ihren grau-blauen Augen sah sie Darius an. „Ich habe Hunger", sagte sie und verschränkte die Arme vor der Brust. Sie lächelte schelmisch. Ihre kurzen Beine baumelten in der Luft. „Wann gibt es Frühstück?" Sie griff nach ihrer Puppe. „Patty hat auch Hunger. Nicht wahr?" Sie sah sie an. „Und wie", sagte Emma mit verstellter Stimme.

„Ich dachte, du schläfst noch", sagte Darius.

„Ich bin gerade wachgeworden." Die Puppe fiel auf den Boden. „Oh entschuldige, Patty." Emma sprang vom Hocker und hob die Puppe auf. „Das wollte ich nicht." Sie drückte sie fest an sich. „Tut mir leid."

„Braucht sie einen Arzt?", fragte er.

„Nein, es gibt nur einen blauen Fleck." Sie pustete die Stirn der Puppe.

„Dann bin ich ja beruhigt." Darius ließ einen Seufzer der Erleichterung los. „Willst du einen Kakao?" Er ging zum Kühlschrank und holte Milch heraus. „Wie magst du ihn am liebsten?" Er sah Emma fragend an.

„Drei Löffel Kakaopulver", befahl sie, während sie sich wieder auf den Hocker hangelte. Darius stellte ihr eine Tasse Kakao hin und sie trank einen Schluck. „Ah, lecker." Sie leckte sich ihre Lippen. „Jetzt fehlt nur noch was zu essen."

„Oh ja". Darius zuckte zusammen. „Rührei?" Er kramte eine Pfanne hervor und stellte sie auf den blank geputzten Gasherd.

„Und Toast", rief Emma freudig aus.

„Jawohl, Madame." Darius verbeugte sich. „Ihr Wunsch ist mir Befehl." Die Pfanne zischte, als Darius das Rührei hineingab. Er wedelte den Rauch mit seiner Hand weg und verzog das Gesicht. „Vielleicht sollte ich die Flamme mal kleiner stellen."

Emma lachte. „Du kochst nicht oft, was?"

Die Brandschutztür wurde aufgeschlossen und Frank betrat das Loft. Hat er auch noch andere Anzüge oder trägt er immer den gleichen?, dachte Emma. Sie trank ihre Tasse leer und stellte sie auf den Tresen.

„Guten Morgen", rief ihm Darius entgegen, als er die Rühreier auf einen Teller schaufelte. Er drehte sich um und steckte zwei Scheiben Weißbrot in einen Toaster. „Willst du einen Kaffee?", fragte Darius Frank und reichte ihm eine saubere Tasse. „Ist frisch gekocht." Das Brot sprang aus dem Toaster. Darius legte sie auf den Teller.

„Morgen", brummte Frank.

„Guten Morgen." Emma lächelte ihn an. „Wie geht es dir?"

„Mh." Frank ging zur Kaffeemaschine und schenkte sich einen Kaffee ein. Ohne Emma eines Blickes zu würdigen, schlich er an ihr vorbei und setzte sich aufs Sofa. Er griff in sein Jackett und holte eine Schachtel hervor. Genüsslich zündete er sich eine Zigarette an und inhalierte den Rauch. Eine blaue, stinkende Wolke verteilte sich im Loft. Sie schien in den Sonnenstrahlen regelrecht zu tanzen. Er beugte sich vor und schlürfte aus seiner Tasse. Emma verzog das Gesicht und hielt ihre Nase zu. Nachdem Frank seine Zigarette im Aschenbecher ausgedrückt hatte, stand er auf und verließ das Loft. Mit einem Knall fiel die Tür ins Schloss. Emma schaute ihm verwundert nach. Sie wurde aus Frank einfach nicht schlau. Sie konnte ihn nicht einordnen. Welche Aufgabe hat er hier? Auf sie wirkte er, wie der schwarze Mann aus dem Kinderreim.

Komischer Typ, schoss es Emma durch den Kopf. Ich mag Darius viel lieber als den. Sie schüttelte sich.

„Frierst du?", fragte Darius.

„Nein, warum?" Emma nahm etwas Rührei auf die Gabel und biss vom Toast ab.

„Weil du dich geschüttelt hast."

Sie verdrehte die Augen. „Frank", flüsterte sie. Sie stocherte in dem Rührei rum.

Darius lachte. „Ach so. Ich verstehe. Der ist so. Mach dir nichts draus." Darius beugte sich zu Emma vor. „Ich gehe mich erstmal anziehen. Bin gleich wieder da."

Emma nickte und schaufelte etwas Rührei auf den Toast. „Ist gut."

Paar Minuten später kam Darius wieder

zurück. Emma stellte gerade den Teller in die Spülmaschine. „Du bist ja gut erzogen", rief er freudestrahlend aus. „Aber du musst hier nichts saubermachen. Du bist Gast." Er legte eine Hand auf ihre Schulter und streichelte durch ihr Haar. „Du hast schöne Haare", murmelte er. Er sog den Duft tief ein.

Emma lief es kalt den Rücken herunter. Was bezweckt er? Blitzschnell befreite sie sich aus seinem Griff. Was macht er?

Sie drehte sich um und tapste an ihm vorbei. „Ich gehe mich auch erstmal anziehen."

Darius setzte sich an den Schreibtisch und fuhr den Laptop hoch.

Emma kam angezogen zu ihm und setzte sich auf den Stuhl vor dem Schreibtisch. Sie rückte sich zurecht, legte ihre Hände in den Schoß und starrte ihn an.

„Was ist los?" Darius wandte den Blick zu ihr.

„Wann kommt Mama?" Sie schaukelte mit den Beinen.

Darius schluckte. Dann sagte er: „Ja,

weißt du. Das wird noch etwas dauern."

Emma sah ihn fragend an.

„Ich habe vorhin einen Anruf bekommen. Weißt du, die Sache ist so. Frank hat deine Mama angerufen und auf dem Weg hierher hatte sie einen Unfall. Im Krankenhaus haben sie den Zettel mit meiner Telefonnummer gefunden und hier angerufen. Sie haben gesagt, dass deine Mama so schwer verletzt ist, dass sie im Koma liegt." Darius lehnte sich zurück. „Tut mir leid, Engel." Er faltete seine Hände. „Hoffen wir, dass es ihr schnell wieder besser geht." Emmas Gesicht spiegelte sich in seiner Sonnenbrille. „Solange wirst du dich noch gedulden müssen." Er grinste sie an. Sein goldener Eckzahn blitzte. Langsam beugte er sich vor und legte seine gefalteten Hände auf den Schreibtisch. „Ich werde gut für dich sorgen, das verspreche ich dir", sagte er ohne eine Miene zu verziehen. Emma spürte seinen kalten Blick. Er wandte sich wieder seinem Laptop zu. Seine Finger flogen über die Tastatur. „Was ist das?" Er starrte auf den Bildschirm. „Das kann doch wohl nicht wahr sein." Er sprang vom Stuhl auf. Er drehte sich zum Fenster und schaute hinaus. Seine Hände waren auf dem Rücken verschränkt und die Finger zappelten nervös. „Das wird ein Nachspiel haben", murmelte er. Er schnaufte wütend. Emmas Herz klopfte wild in ihrer Brust. Tränen stiegen ihr in die Augen. Sie schluchzte leise. Was geht hier vor?

„Und Papa?", fragte sie mit tränenerstickter Stimme. „Der muss doch da sein."

„Den haben wir leider gar nicht erreicht." Darius drehte sich zu ihr um.

Langsam stand sie auf und trottete in ihr Zimmer. Sie schloss die Tür und ließ sich aufs Bett fallen. Ihr Gesicht vergrub sie im Kopfkissen.

Nach einer Weile wurde die Tür vorsichtig geöffnet. Darius kam mit der Puppe in der Hand herein und setzte sich auf die Bettkante. „Hier", er hielt ihr die Puppe hin, „Patty möchte dich trösten." Er strich

Emma über den Kopf.

„Ich will zu Mama", schluchzte sie. „Fährst du mich hin?"

„Das geht leider nicht. Die Schwester hat mir nicht gesagt, in welchem Krankenhaus sie liegt. Sie war sehr in Eile, verstehst du?"

Emma sah Darius an. Ihre Augen füllten sich mit Wut und Hass. Sie verzog ihren Mund. „Du lügst", schrie sie ihn an und sprang aus dem Bett. „Du lügst, du lügst, du lügst." Sie stampfte mit dem Fuß auf den Boden.

Darius stand auf und ging auf sie zu.

Ehe Emma sich versah, spürte sie ein Brennen auf der Wange.

„Ich sage dir nur die Wahrheit", fauchte er sie an. Darius verließ das Zimmer und knallte die Tür zu. Emma schaute ihm nach und rieb sich die Wange.

„Und du lügst doch", flüsterte sie.

23. Kapitel

Daniela schlug die Augen auf. Sie gähnte und streckte sich und sah auf die Uhr, die auf dem Nachttisch stand. 14 Uhr. Freitag oder Samstag? Sie erhob sich langsam, setzte sich auf die Bettkante und rieb ihr Gesicht. Sie fühlte sich, als ob sie einen gesoffen hätte. Sie ging ins Badezimmer und gönnte sich eine Dusche.

Nachdem sie sich angezogen hatte, trottete sie die Treppe herunter. Benutzte Tassen standen in der Küche herum. Seufzend räumte sie sie in die Spülmaschine und schaltete sie an. 72 Stunden!, dröhnte es in ihrem Kopf. Sie hielt sich ihre Fäuste an die Schläfen. „Sei ruhig!", schrie sie.

Sie sah aus dem Küchenfenster. Wo soll ich anfangen? Ich schaffe das niemals in drei Tagen. Sie seufzte.

Langsam ging sie in den Flur und öffnete die Kellertür. Dunkelheit flog ihr entgegen. Sie schaltete das Licht ein und stieg die alte Holztreppe hinunter. Die Stufen knarrten, als sie sie betrat. Ein muffiger Geruch stach ihr entgegen. Sie verzog das Gesicht. Unten angekommen blieb sie stehen und sah sich um. Irgendwo hatte sie es hier versteckt. Ein kleines Schmuckkästchen mit Sachen aus ihrer Vergangenheit. Vielleicht hilft das ja weiter. Sie schlich, wie ein Tiger auf der Jagd, durch den spärlich beleuchteten Raum. In der hinteren Ecke stand abgedeckt ein alter Spiegel. Sie hob ihn beiseite und entdeckte eine kleine Tür. Vorsichtig drückte sie die Klinke herunter. Mit einem Klacken sprang sie auf. Sie steckte ihre Hand in das dunkle Loch und entfernte ein paar Spinnweben. Da ist was. Ihre Hand tastete etwas hartes, Metallenes. Sie holte es hervor und pustete den Staub weg. Da war es. Das kleine Kästchen. Sie ging die Treppe wieder hinauf und schaltete das Licht aus. Mit dem Kästchen in der Hand setzte sie sich aufs

Sofa. Mit pochendem Herzen öffnete sie es. Zum Vorschein kamen vergilbte Fotos, auf denen sie mit Manuela zu sehen war. Tränen stiegen ihr in die Augen. Sie wühlte weiter. Wie kommt das Päckchen Koks hier rein? Sie nahm es und spülte es in der Toilette herunter. Damit hatte sie nie etwas zu tun. Manuela hat ihr mal etwas angeboten, als sie sich down fühlte, aber sie hatte dankend abgelehnt. Drogen lösen einfach keine Probleme – sie vergrößern sie nur. Sie sah sich im Spiegel an. Ihre Augen lagen tief in ihren Höhlen. „Gott, sehe ich scheiße aus", sagte sie zu sich selbst. „So könnte ich heute kein Geld verdienen." Sie erschrak. Fuhr da gerade ein Auto auf den Hof? Sie eilte ins Wohnzimmer und sah durch die Gardine hinaus. Sie atmete auf. Nur der Postbote. Er sprang frohgelaunt die Treppe hinauf und warf einen großen Umschlag in den Briefkasten. Pfeifend stieg er wieder ins Auto und setzte rückwärts vom Hof. Daniela atmete flach. Ihr Herz pochte. Sie wagte es nicht, ihren Platz zu verlassen. Nach einer

Weile drehte sie sich langsam um und starrte auf das Kästchen. Vergangenheit sollte Vergangenheit bleiben, dachte sie. Es war eine coole Zeit, aber jetzt will ich damit nichts mehr zu tun haben. 72 Stunden!, schrie eine tiefe Stimme sie innerlich an. Sie zuckte zusammen, als sie einen Schuss hörte. Emma! Sie sah sich panisch um. Alles gut, beruhigte sie sich selbst. Das war nur Einbildung. 72 Stunden! Sie griff an ihre Schläfen. „Sei ruhig! Ich werde mein Versprechen einlösen." Langsam setzte sie sich auf das Sofa. Mit leerem Blick starrte sie das Kästchen an. Mit zitternden Händen holte sie weitere Fotos hervor. Erinnerungen stiegen in ihr hoch. Aber Moment mal. Was ist das? Etwas Silbernes glitzerte ihr entgegen. Sie nahm es in ihre Hand. Eine Kette. Eine silberne Kette. Wie kommt die darein? Sie versuchte, sich zu erinnern. Wo habe ich die schonmal gesehen? Sie dachte angestrengt nach. Ihre Schläfen pochten. Langsam ließ sie die feingliedrige Kette durch ihre Finger gleiten. Danny! Es fiel ihr wie Schuppen von den Augen. Er hat diese Kette immer getragen. Ein Lächeln huschte über ihre Lippen. Was er wohl heute macht? Ein Gedanke schoss ihr blitzartig durch den Kopf. Warum ging er so gut wie jeden Abend zu Darius? Und zu was hat Darius ihn gezwungen, was Sibylle den Abend erzählte? Hat er etwas mit dem Mord zu tun? Nein, das konnte sie sich nicht vorstellen. Er war immer so charmant. Sie muss ihn ausfindig machen und mit ihm reden. „Darius, ich weiß jetzt, wo ich anfangen muss." Sie hielt die Kette fest in ihrer Hand.

Als sie einen Schlüssel im Schloss hörte, zuckte sie zusammen. Schnell packte sie alles wieder ein und schob das Kästchen unter das Sofa. Norman betrat das Wohnzimmer und sah sie an. Lächelnd kam er auf sie zu.

„Na ausgeschlafen?", fragte er und gab ihr einen Kuss auf die Stirn. „Wie fühlst du dich?"

„Geht schon." Sie stand auf und ging in die Küche. „Du hast sicher Hunger", rief sie.

Norman folgte ihr und zog sie an sich

heran. „Lass uns essen gehen. Oder was bestellen. Du hast eine harte Nacht hinter dir. Lass dich mal verwöhnen."

„Dann lass uns was bestellen." Sie lächelte ihn traurig an.

Er ging ins Wohnzimmer und setzte sich aufs Sofa. Er nahm einen Flyer vom Beistelltisch und blätterte darin. Daniela lehnte sich in den Türrahmen. Durch eine Unachtsamkeit fiel der Flyer unter das Sofa. Norman bückte sich und tastete danach. Daniela zuckte zusammen und riss die Augen weit auf. Das Kästchen! Normans Hand tastete immer weiter unter die Couch. „Verdammt wo ist der denn?" Er beugte sich vor. „Was ist das denn?", fragte er verwundert. Daniela riss die Augen weit auf. Oh nein!, dachte sie. Jetzt ist alles aus.

Sie stürmte auf ihn zu. „Soll ich dir helfen, Schatz?" Auf keinen Fall darf er das Kästchen finden!

„Ach", rief er aus. „Hier ist er ja." Er holte den Flyer hervor und faltete ihn auseinander.

Daniela atmete tief durch. Das Herz schlug ihr bis zum Hals.

„Was möchtest du?" Er hielt ihr den Flyer hin.

„Ich nehme das Gleiche wie du."

Norman nahm den Hörer ab und rief beim Lieferdienst an. Nachdem er das Essen bestellt hatte, stand er auf und ging auf seine Frau zu. Er gab ihr einen Kuss. „Ich liebe dich."

„Ich dich auch." Sie lehnte ihren Kopf an seinen. „Tut mir leid, dass ich so durch den Wind bin."

„Ist schon in Ordnung, Schatz. Ich gehe erstmal duschen." Er verließ den Raum.

Daniela sah ihm hinterher, als er die Treppe hinaufstieg. Ich hole dir deine Tochter wieder zurück! Sie schlich zur Couch und holte das Kästchen hervor. Wo soll ich es nur verstecken? Sie hörte, wie oben das Wasser in die Dusche prasselte. Vorsichtig schlich sie in den Keller und ließ das Kästchen wieder in dem dunklen Loch verschwinden. Dann stellte sie den Spiegel wieder davor und stieg die Treppen hinauf. „Was machst du denn im Keller?", fragte eine Stimme hinter ihr.

Daniela zuckte zusammen und drehte sich langsam um. Ihr Mann stand in seinem weißen Morgenmantel und barfüßig vor ihr und sah sie fragend an. „Ich dachte, ich hätte was gehört", antwortete sie ohne zu überlegen. „Wollte nur mal nachschauen, ob es Ratten oder Mäuse sind." Sie sah Norman mit großen Augen an. „Hat sich aber nicht bestätigt." Sie lächelte ihn verschmitzt an. Sie wandte sich zum Gehen. „Willst du was trinken?" Sie verschwand in der Küche und holte zwei Flaschen Bier aus dem Kühlschrank. Norman sah ihr verwundert nach. Die Arme ist völlig neben der Spur. Er seufzte.

„Ja gerne." Er drehte sich um und ging in die Küche. „Dann sollten wir vielleicht mal den Kammerjäger rufen. Der kann akribischer nachschauen. Ich werde ihn am Montag gleich mal anrufen." Er nahm die Flasche Bier, die ihm Daniela hinhielt.

„Nein, nein ... nicht nötig. Ich habe nichts entdeckt", erwiderte Daniela hastig. Hegt er einen Verdacht? Reiß dich zusammen und mach dich nicht verdächtig, ermahnte sie sich selber. Sie holte tief Luft und drückte sich an ihren Mann. „Halt mich", bittete sie ihn.

„Das Essen ist da", sagte er, als er aus dem Küchenfenster sah.

„Ich gehe schon." Daniela ging zur Haustür. Sie bezahlte und nahm das bestellte Essen entgegen. Mit den Packungen in der Hand kam sie in die Küche.

Norman holte Besteck aus der oberen Schublade und sie begannen zu essen. Daniela genoss jeden Bissen. Das tat richtig gut. Sie sah ihren Mann an. Was für ein Glück sie mit ihm hatte. Eigentlich hat er es nicht verdient, dass sie Geheimnisse vor ihm hat. Sie seufzte. Soll ich ihn einweihen? Nein, ich will ihn nicht in Gefahr bringen.

„Was ist los?" Norman sah sie liebevoll an.

„Ach nichts. Ich habe nur gedacht, was

ich für ein Glück mit dir habe."

Er lächelte und nahm ihre Hand. „Das Gleiche kann ich auch sagen."

Sie warf ihm einen Kuss zu. Tief in ihrem Inneren fühlte sie, dass der Tag kommen wird, an dem sie ihm alles erzählen würde.

Hamburger
Reeperbahn
1995

24. Kapitel

Daniela war gerade auf dem Weg ins *Pussycat*, als ihr Handy klingelte. Genervt darüber, dass der Zug mal wieder Verspätung hatte, kramte sie in ihrer Handtasche. Wer ist das denn jetzt? Das Bild ihrer Freundin sprang ihr vom Display entgegen. Sie nahm das Gespräch an und hielt das Telefon ungelenk an ihr Ohr. „Ja?", sang sie. „Was gibt es?" Ein Auto hupte, als sie bei Rot über die Straße lief.

„Ich bin es", meldete sich Manuela. „Ich wollte dir nur sagen, dass ich heute nicht komme. Ich habe gerade meine Tage bekommen."

„Alles klar. Weiß ich Bescheid. Wir sehen uns dann in ein paar Tagen wieder. Hab dich lieb." Sie legte auf und öffnete die Tür des Bordells.

Ein grelles Licht stach ihr entgegen. Sibylle kramte am Kühlschrank ein paar Flaschen heraus und wischte die freien Flächen mit einem feuchten Lappen über. Sie winkte Daniela freudig zu. „Heute alleine?", fragte sie mit ihrer rauchigen Stimme. „Was ist passiert?" Sie wrang den Lappen aus und steckte den Kopf in den Getränkeschrank. „Oder kommt Manuela heute später?" Die Flaschen klirrten, als Sibylle sie wieder einsortierte. Sie schnaufte. „Scheiß Arbeit. Ich hasse sie." Sie atmete tief durch und zündete sich eine Zigarette an. „Die habe ich mir jetzt verdient." Sie setzte sich auf einen Hocker. „Komm, setz dich zu mir", forderte sie Daniela auf. Daniela setzte sich neben die Bardame. Sie legte ihre Tasche auf den Tresen und schlug die Beine übereinander. Sibylle stieß eine Rauchwolke aus und sah Daniela fragend an. „Und wo ist Manuela?" Sie schnippte Asche ab. „Darius wollte mit ihr heute sprechen." Daniela schaute zu Boden. Irgendwas stimmt nicht, schoss es ihr durch den Kopf. Sibylle wirkt heute so kalt.

Und worüber will Darius mit ihr reden? Hat Manuela wirklich ihre Periode oder wollte sie ihr nichts sagen? Daniela schluckte. Sie nahm ihre Tasche vom Tresen und stand auf. Sibylle drückte die Zigarette aus und stand ebenfalls auf. Sie hustete und griff nach ihrem Handy. „Ich rufe sie mal an." Sie wählte Manuelas Nummer und hielt den Hörer an ihr Ohr. Nach einer Weile legte sie wieder auf. „Geht keiner ran. Komisch", murmelte sie.

„Manuela hat ihre Tage bekommen", sagte Daniela. „Ich habe vorhin mit ihr telefoniert." Sie wandte sich zum Gehen. „Ich muss mich jetzt fertig machen." Sie stieg die schmale Treppe hinauf. Was wird hier gespielt?

Gedankenversunken öffnete Daniela die Tür des Zimmers, welches sie sich mit Manuela teilte und begann, sich umzuziehen. Sie nahm eine rote Langhaarperücke aus dem Schrank und zupfte sie sich vor dem Spiegel zurecht. Dann trug sie ihr Make-up auf und schlüpfte in die 16 cm hohen High Heels. Sie sah sich im Spiegel an. Sie holte ihr Handy aus der Tasche und wählte die Nummer ihrer Freundin. „Ruf mich bitte zurück. Ich mache mir Sorgen", hinterließ sie auf der Mailbox. Sie ließ das Handy wieder in der Tasche verschwinden und verließ das Zimmer. Bitte melde dich, dachte sie, als sie den Flur hinunterschritt. Als sie aufgeregte Stimmen aus einem der Zimmer hörte, blieb sie abrupt stehen. Sie linste unauffällig durch einen Türspalt. Darius stand vor einer jungen Prostituierten und drohte ihr mit der Faust. Daniela erschrak. „Heute ist deine letzte Chance", schrie Darius, „sonst gnade dir Gott. Hast du mich verstanden?" Daniela rannte in ihr Zimmer und schloss leise die Tür. „Was geht hier ab?", fragte sie sich selber. Nervös ging sie im Zimmer auf und ab. Worauf habe ich mich hier eingelassen? Sie holte ihr Handy heraus und schaltete das Display an. Kein Anruf, keine Nachricht. Sie atmete tief durch und trat auf den Flur.

Ein tiefer Bass dröhnte ihr entgegen, als

sie die Treppe hinunterstieg. Sie setzte sich an die Bar und die Bardame stellte ein Glas Champagner zwinkernd vor ihr ab. Sie prostete Sibylle zu. „Auf eine erfolgreiche Nacht."

„Mal gucken, was heute los ist. Gestern war ja ziemlich mau." Daniela trank einen Schluck.

„Am meisten ist hier an den Wochenenden los. In der Woche läuft hier fast gar nichts."

Daniela nickte. Sie ließ ihren Blick im Raum schweifen und wippte mit den Beinen im Takt der Musik. Leise pfiff sie mit.

Sie stand auf und stieg auf das Podest. Sogleich fing sie an, sich an der Stange zu räkeln.

Ein Matrose betrat die Bar und grinste in ihre Richtung. Er setzte sich an den Tisch direkt vor dem Podest und zündete sich eine Zigarette an. Daniela zwinkerte ihm zu und der junge Mann zwinkerte zurück. Sie kroch auf allen vieren auf ihn zu und zeigte ihr tiefes Dekolletee. Dem Matrosen stand der

Mund weit offen. Ich habe ihn im Sack, dachte sie und grinste in sich hinein. Nachdem das Lied geendet hatte, stieg sie vom Podest und setzte sich neben ihn.

„Magst du was trinken?", fragte sie mit leicht verruchter Stimme. Sie ließ ihre Finger langsam über seine Schulter gleiten. Ihr Bein streifte seines. „Ich kann uns gerne was holen, Baby." Sie hauchte sanft in sein Ohr.

„Ja, gerne", antwortete er mit ziemlich kindlicher Stimme. Daniela schätzte ihn auf Mitte zwanzig. Er lächelte sie schüchtern an und zog nervös an seiner Zigarette. „Das ist mein erstes Mal", sagte er mit leiser Stimme und errötete. Daniela lächelte ihn sanft an. „Wir kriegen das schon hin, Süßer. Entspann dich." Sie streichelte ihm über den Kopf. „Ich hole uns mal was zum Trinken."

Sie ging an die Bar und kam mit einer Flasche Champagner wieder zurück. Sie setzte sich auf seinen Schoß und er goss zwei Gläser ein. Sie stießen an und kamen sich sehr schnell näher.

Nachdem die halbe Flasche geleert war,

gingen sie Hand in Hand ins obere Stockwerk. Sibylle sah den beiden grinsend hinterher. Sie macht es wirklich gut. Sie drehte die Musik lauter und zündete sich eine Zigarette an. Schon die zweite Schachtel, die ich heute anfange. Seitdem ich nur an der Bar arbeite, fresse ich regelrecht diese Dinger. Sie blies eine Rauchwolke aus und sah zu, wie sich der Rauch im Licht verteilte.

Ein Klopfen auf dem Tresen holte sie aus ihren Gedanken zurück in die Realität. „Ist Darius schon da?" Der zierliche junge Mann mit den langen Haaren stand vor ihr und sah sie fragend an. „Ich muss dringend mit ihm reden."

Sibylle nickte. „Ja, ist er. Aber er ist momentan in einer Besprechung. Willst du solange warten?" Sie legte eine neue CD ein und drückte auf PLAY.

„Klar", antwortet er knapp, rückte sich auf einem Hocker zurecht und bestellte sich ein Bier. Und dann sah er sie! Die schönste Frau, die ihm jemals untergekommen ist. Eine zierliche, junge Frau – er schätzte sie auf

Anfang zwanzig – mit roten langen Haaren und einem einladenden Dekolletee kam die Treppe herunter. Ein Matrose folgte ihr. Sie setzte sich auf den Hocker neben ihn und die Bardame reichte ihr ein halbvolles Glas Champus. Sie drehte den Kopf zu ihm und lächelte ihn an. „Hallo", begrüßte sie ihn. „Bist du auch mal wieder da?" Sie nippte an ihrem Glas.

„Darf ich dir, was zu trinken spendieren?", fragte er.

„Ja, gerne", antwortete sie sanft und zwinkerte ihm zu. „Vielen Dank." Da ist er, dachte sie. Er ist so niedlich. Seine langen schwarzen Haaren schmeichelten seinem blassen Gesicht. Aber wo hat er das blaue Auge nur her? „Was ist denn da passiert?" Sie deutete auf das Veilchen.

„Ach nix. Nur eine kleine Schlägerei." Er winkte ab. „Ich heiße Danny." Er prostete ihr mit dem Bier zu.

„Ich bin Anni." Sie stießen an und sie nahm einen kleinen Schluck. Sie musterte ihn von oben bis unten. Seine Turnschuhe waren ausgetreten, seine Hose verschlissen. Das Hemd, welches er trug, könnte auch mal wieder einen Waschgang vertragen. Ein starker Geruch von Moschus stieg ihr in die Nase. Sie liebte diesen Duft. Am liebsten wäre sie gleich über ihn hergefallen. Verlieb dich nicht, ermahnte sie ihre innere Stimme. Daniela seufzte. „Freut mich, dich kennenzulernen." Ihr Herz pochte wild. Sie trank mit einem Schluck ihr Glas aus und stellte es auf den Tresen. Verlegen sah sie ihn an. „Du gefällst mir." Sie stand auf.

„Ganz meinerseits", erwiderte er lächelnd. „Du bist hübsch, wenn ich das mal so sagen darf."

Sie lächelte. „Danke schön." Sie zwirbelte in ihren Haaren. „Eine schöne Kette hast du da." Sie griff danach und ließ sie sich durch die Finger gleiten. „Was ist das für ein Anhänger?"

„Das ist das Jungfrau-Sternzeichen." Sein Herz wummerte. Er schloss die Augen, während er ihren Duft einatmete. Chanel, schoss es ihm durch den Kopf. Ich würde dich allzu gerne küssen.

„Bist du Jungfrau? Also ich meine vom Sternzeichen her?"

Er lachte. „Ja, bin ich. Heute ist mein Geburtstag."

Sie riss staunend ihre Augen weit auf. „Herzlichen Glückwunsch." Sie umarmte ihn herzlich. Sanft küsste sie seine Wange.

„Dankeschön." Er lächelte sie an. „Vielleicht kannst du ja zur Feier des Tages ...". Er brach ab.

„Oh nein". Sie wusste, worauf er hinauswollte. „Umsonst ist nicht."

„Ich dachte ja nur." Er schaute ihr tief in die Augen.

„In mein Büro. Sofort." Eine raue Stimme ließ ihn zusammenzucken. Darius sah ihn von oben bis unten an. „Wird es bald?", fragte er streng und stapfte davon.

Mit hängenden Schultern folgte Danny ihm, ohne sich von Daniela zu verabschieden. Sorgenvoll blickte sie ihm hinterher. Was ist da nur im Busch? Fragend sah sie Sibylle an. „Weißt du, was da läuft?"

Ihr Herz schlug ihr bis zum Hals. So hatte sie Darius noch nie erlebt.

Die Bardame zuckte mit den Schultern und hob ihre Augenbrauen. „Das kann ich dir nicht sagen. Ich weiß nur, dass er vor ein paar Tagen mit dem blauen Auge daraus kam."

Daniela sah zur hinteren Tür. Soll sie mal lauschen gehen, wie Sibylle es getan hatte? Langsam stand sie auf und schlich in die Richtung. Immer wieder drehte sie sich um, um sich zu vergewissern, dass sie keiner beobachtete. Vorsichtig, wie eine Katze, die an ihre ahnungslose Beute heranschleicht, schlich sie zur Bürotür. Dumpfe Stimmen drangen an ihr Ohr. Sie atmete flach, aus Angst etwas nicht verstehen zu können. Sie konnte Darius hören, wie er Danny anschrie. Aber was gesagt wurde, verstand sie kaum. „Du zahlst, sonst ...", verstand sie. Sie blickte sich um. Ein besoffener Mann zog sich am Automaten eine Schachtel Zigaretten. Er lächelte sie an. „Bist du frei?" Er lallte. Daniela schüttelte den Kopf. „Verschwinde", zischte sie leise. Er torkelte zurück in den vorderen Bereich. Langsam schlich sie weiter. Vorsichtig legte sie ein Ohr an die Tür. „Ich kann das nicht alles auf einmal bezahlen", wimmerte Danny. Ein dumpfer Schuss. Daniela zuckte zusammen und hielt die Hand vor den Mund. Was ist da los? „Nein", schrie Danny. „Ist ja schon gut. Du kriegst dein Geld." Daniela atmete auf. Gott sei Dank, er lebt.

Sie hörte, wie Schritte auf sie zukamen. Die Tür wurde aufgerissen. Vor ihr stand Frank und sah sie mit steinerner Miene an. Ihr Gesicht spiegelte sich in seiner Sonnenbrille. Sie lächelte ihn an.

„Was willst du hier?", fragte er mit strenger, brummiger Stimme. „Ich glaube nicht, dass du hier was zu suchen hast."

Wortlos ging sie zur Bar zurück und setzte sich auf den Hocker. Ihre Hand zitterte, als sie das Glas mit dem Champagner zu ihrem Mund führte. Ich werde noch rauskriegen, was da läuft, dachte sie.

Nachdem sie das Glas geleert hatte, stieg sie wieder auf das Podest und fing an, an der Stange zu tanzen. In der Hoffnung, dass ihre Gedanken zerstreut würden. Immer wieder sah sie zur Bar. Wo ist Danny?

25. Kapitel

Daniela saß gerade auf dem Bett und befestige ihre neuen schwarzen Strapse an den halterlosen Strümpfen, als Manuela das Zimmer betrat. Daniela begrüßte ihre Freundin lächelnd und wunderte sich, warum sie so traurig aussah. „Was ist los?", fragte sie sorgenvoll. Sie stand auf und umarmte sie. „Bedrückt dich was?" Sie streichelte ihr durch das Haar. „Warum hast du dich gestern nicht mehr gemeldet? Ich habe mir Sorgen gemacht. Sibylle sagte, dass Darius mit dir reden wollte." Sie ließ Manuela gar nicht zu Wort kommen. „Komm, setzen wir uns", forderte sie ihre Freundin auf. „Was ist los, Schatz?" Daniela sah sie besorgt an. „Was bedrückt dich?" Sie legte einen Arm um Manuelas Schulter und drückte sie fest an sich. „Wenn du darüber redest, geht es dir gleich viel besser." Daniela seufzte. „Ich möchte dir so gerne helfen." Nach einer kurzen Pause fuhr sie fort. „Egal, was es ist. Ich bin für dich da."

„Mir ist in den letzten Tagen was klargeworden", seufzte Manuela. Traurig ließ sie sich auf das Bett sinken. „Und ich weiß, dass es Wellen schlagen wird." Sie starrte an die Decke.

Daniela sah sie mit großen Augen an. Warum spricht sie so in Rätseln? Soll sie doch einfach sagen, was sie bedrückt. So schlimm wird es nicht sein.

„Magst du darüber reden?", fragte sie sanft. Sie streichelte zärtlich ihr Bein.

Manuela holte tief Luft. „Ich möchte aussteigen", sagte sie schließlich und setzte sich auf.

Daniela riss ihre Augen weit auf. „Wie kommts?"

„Es nervt mich alles nur noch. Die Freier kotzen mich an, ich kann keinen Champagner mehr sehen. Einfach alles." Sie vergrub ihr Gesicht in ihren Händen. „Aber ich habe Angst." Sie schluchzte. „Das ist mein Tod."

Daniela nahm ihre beste Freundin in den Arm. „Wieso dein Tod?"

„Darius", flüsterte sie. „Du weißt nicht, wie er sein kann."

Da hatte sie Recht, aber einen Einblick in seine wahre Art, durfte Daniela gestern bekommen. „Na ja", setzte sie an, „gestern Abend habe ich ihn ziemlich sauer erlebt." Ihr Gesicht wurde blass. „Er hat die neue Kollegin gestern bedroht. Und zu Danny war er auch nicht gerade mütterlich, wenn du verstehst." Sie sah Manuela an. „Da konnte man es wirklich mit der Angst zu tun kriegen." Ein kalter Schauer lief ihr über den Rücken. „Das war echt unheimlich." Sie schüttelte sich. „Auf der einen Seite kann ich dich verstehen." Sie legte sich neben ihre Freundin. „Aber ich helfe dir."

Manuela hob ihren Kopf und sah sie verwundert an. „Ja?", fragte sie. „Aber es wird nicht einfach und du bringst dich auch in Gefahr. Darüber musst du dir bewusst sein."

Danielas Herz pochte in ihrer Brust. „Wie meinst du das?" Sie schluckte.

„Erst sperrt er sie ein, um sie zur Vernunft zu bringen. Wenn das nichts bringt, verschwinden sie spurlos." Tränen stiegen ihr in die Augen. „Und wenn er spitz kriegt, dass du mir helfen willst, wird er mit dir genauso verfahren."

Daniela nahm Manuelas Hand in ihre. „Wir finden einen Weg." Nach einer Pause fuhr sie fort. „Wenn du willst, begleite ich dich zu Darius."

„Hast du mir nicht zugehört?"

Daniela nickte. „Doch, aber ...". Sie seufzte. „Reden kann man doch. Mach ihm deinen Standpunkt klar."

„Er wird mich umbringen." Am liebsten hätte sie losgeschrien. „Und das gleiche wird er auch mit dir tun."

„Nein, das glaube ich nicht."

Manuela winkte ab. „Egal jetzt. Lass uns fertig machen. Die Arbeit ruft." Sie stand auf und machte sich zurecht.

Daniela stieg die Treppe zur Bar hinunter und Manuela folgte ihr mit hängenden Schultern. Sibylle sah sie besorgt an. Sie rückten sich auf einem Hocker zurecht. Die Bardame schenkte zwei Gläser Champus ein und stellte sie vor den beiden Frauen hin. Manuela sah ihr Glas mit leeren Blicken an. Daniela prostete ihr zu. „Auf eine erfolgreiche Nacht." Manuela stieß das Glas um, als sie es nehmen wollte. Sie sprang vom Hocker auf. „Ach Scheiße", fluchte sie. „Warum tue ich mir das überhaupt noch an?" Sie ging hinter den Tresen und griff nach einem Lappen. „Es kotzt mich alles so an", murmelte sie, als sie das Missgeschick wegwischte. Wütend pfefferte sie den Lappen in die Spüle und fasste sich an die Stirn.

„Dich bedrückt irgendetwas". Die Bardame sah Manuela an. „Komm mal her, Schätzchen." Sibylle legte einen Arm um sie. „Was ist los?" Sie sah Manuela fragend an. „So kenne ich dich ja gar nicht."

Daniela sah sich in der Bar um und

entdeckte einen einsamen Herren in einer Sitzecke am hinteren Spiegel. Sie stand langsam auf und schritt mit einem sexy Hüftschwung auf ihn zu. Sie sprach ihn an und setzte sich neben ihn. Galant schlug sie ihre Beine übereinander. „Na mein Süßer." Sie legte ein Bein über seines. „Magst du was trinken?" Sie fuhr über seinen Arm. „Ich kann uns was holen." Sie leckte sich verführerisch die Lippen. „Ich erfülle dir jeden Wunsch." Sie zwinkerte ihm zu. „Was meinst du?"

„Danke nein", murrte dieser. „Du bist nicht mein Typ."

Daniela stand auf und ging wieder an die Bar. Nicht sein Typ, dachte sie. Wo gibt es denn sowas? Sie frappierte sich auf ihrem Hocker.

„Er wird mich umbringen", sagte Manuela zu Sibylle. Tränen stiegen ihr in die Augen. „Verstehst du?" Sie zitterte am ganzen Körper. „Ich habe Angst." Sie lehnte ihren Kopf an Sibylles Schulter. „Was soll ich nur machen?" Sie seufzte tief.

Die Bardame schüttelte den Kopf. „Nein, Ela. Er hat noch nie ein Mädchen, was aussteigen wollte, umgebracht. Geschweige denn eingesperrt. Das sind alles Gerüchte, die du da gehört hast." Sie tippte mit einem Finger an ihren vollen Lippen. „Könntest du dir vorstellen, mit mir hier an der Bar zu arbeiten? Ich könnte eine helfende Hand gut gebrauchen." Sie lächelte Manuela an. „Wie wärs? Wir beide hier?" Sibylle grinste. „Wir wären ein gutes Team." Sie legte eine neue CD ein und wandte sich dann wieder Manuela zu. „Überleg es dir, ja?" Sie schenkte einem Gast ein Glas Whisky ein und reichte es ihm.

Manuelas sorgenvolle Miene erhellte sich. „Meinst du, er würde darauf eingehen?", fragte sie ungläubig. „Aber vorstellen könnte ich es mir." Sie umarmte Sibylle herzlich. „Ich danke dir." Beschwingt setzte sie sich auf den Hocker neben Daniela. „Danke", sagte sie zu ihr und streichelte über Danielas Bein. „Du bist echt eine gute Freundin." Die beiden umarmten sich

herzlich. „Ich werde gleich mit ihm reden."
Sie nahm einen großen Schluck Champagner
aus Danielas Glas und schaute sich in der
Bar um. Um diese Zeit war noch nicht viel
los.

Darius sauste an ihnen vorbei, ohne sie
zu begrüßen. Er schmiss die Bürotür zu.
Daniela sah Sibylle an. „Heute ist wohl nicht
so ein guter Tag, mit ihm zu reden", sagte sie
kleinlaut.

„Der beruhigt sich wieder. Ich kenne ihn
schon so lange, weißt du? Gib ihm einfach
ein paar Minuten, dann geht es wieder."

Nach einer knappen Stunde kam Darius
hinter die Bar und begrüßte Sibylle mit
einem Küsschen links und rechts. Mit einem
Bier in der Hand verschwand er wieder im
Büro. Manuela sah ihm hinterher. Soll ich es
jetzt wagen?, dachte sie. Sie blickte Daniela
an. „Soll ich?"

„Seht ihr?" Die Bardame sah die beiden
Freundinnen an. „Schon hat er sich wieder
beruhigt." Sie klatschte in die Hände.

Manuela erhob sich von ihrem Platz.

„Dann werde ich mal." Sie atmete tief durch und klopfte an die hintere Tür.

26. Kapitel

„Herein." Darius saß hinter seinem Schreibtisch und hob den Kopf; die Tür öffnete sich. Was will die denn jetzt?, dachte er.

Manuela steckte ihren Kopf hinein. „Kann ich kurz mit dir sprechen?", fragte sie und trat in den Raum.

Darius wies ihr stumm den Stuhl vor dem Tisch zu.

Sie setzte sich und schlug ihre Beine übereinander. Gerade als sie anfangen wollte, betrat Frank das Büro und stellte sich in die hintere Ecke. Manuela schluckte. Frank stand mit versteinerter Miene und verschränkten Armen da. Wie soll ich es ihm nur sagen, schoss es ihr durch den Kopf. „Ähm ...", fing sie an.

„Was gibt es?", fragte Darius und lehnte

sich zurück.

„Es ist folgendes", fuhr sie an, „ich möchte ...". Sie seufzte und knispelte an ihren Fingernägeln. Ihre Hände wurden feucht.

Darius beugte sich langsam vor. Er faltete die Hände und legte sie auf den Tisch. Manuelas Gesicht spiegelte sich in seiner Sonnenbrille. „Du möchtest was?" Obwohl er die Brille nicht abnahm, spürte sie seinen durchdringenden Blick. „Sag schon", sagte er ungeduldig, „ich habe nicht ewig Zeit." Schweiß trat auf Manuelas Stirn. Ich bin sowas von tot, dachte sie.

Sie sah ihn an. „Aussteigen", platzte es aus ihr heraus.

Darius sah Frank an und lehnte sich lachend wieder zurück. Er schlug seine Beine übereinander. Seine Miene verfinsterte sich. „Nein", sagte er entschlossen. „Auf keinen Fall. Du bist mein bestes Pferd im Stall."

„Vielleicht kann ich Sibylle an der Bar unterstützen", warf sie schnell ein.

„Nein", wiederholte Darius. „Und jetzt

wieder zurück an die Arbeit." Er gab Frank ein Zeichen und der öffnete die Tür.

„Aber ...". Manuela wechselte den Blick zwischen Frank und Darius. Nein, so leicht speist du mich nicht ab. Ich bin nicht dein Eigentum, dachte sie. „Darius ...".

„Ich sagte nein. Und dabei bleibt es." Seine Faust sauste auf den Tisch. „Bist du taub?", brüllte er sie an.

Manuela stand auf und baute sich vor ihn auf. „So lasse ich nicht mit mir umspringen. Ich bin nicht dein Eigentum."

Darius wies Frank an, die Tür wieder zu schließen. „Ich glaube, du willst es nicht verstehen", fauchte er. Er winkte seinen Assistenten zu sich heran. „Bring sie ins Verlies", flüsterte er in sein Ohr.

Mit einem festen Griff zog Frank Manuela zur Tür. „Nein, das kannst du nicht machen. Darius!"

„Ich kann!", schrie er sie an. Er stand auf und richtete sich seinen Pelzkragen des Hemdes. „Ein paar Tage im Verlies werden dich wieder zur Vernunft bringen. Das hat schon vielen geholfen. Und jetzt ...". Er winkte zur Tür.

Frank schleifte sie hinaus und schloss die Tür. Manuela wehrte sich mit Händen und Füßen, während sie die Kellertreppe hinunter getragen wurde. Ein feuchter Geruch stieg ihr in die Nase. Frank schaltete das Licht ein. Ein schwacher Schimmer erleuchtete den Raum nur vage. Er öffnete eine schwere Tür hinter einem morschen Regal und schmiss Manuela hinein. Mit einem Knall ließ er die Tür ins Schloss fallen. „Das könnt ihr nicht machen!", schrie sie. Sie hämmerte mit den Fäusten an die Tür. „Frank!"

Manuela kauerte sich auf den nackten Boden. Die Steine fühlten sich kalt und feucht an. Eine Gänsehaut kroch über ihren Körper. Sie zitterte. „So ein Arsch", murmelte sie. „Und von wegen Gerüchte, Sibylle. Du hast doch keine Ahnung."

27. Kapitel

Sibylle steckte ihren Kopf ins Büro. „Und?", fragte sie.

„Wie immer", antwortete Darius, ohne seinen Kopf zu heben. „Aber ...". Er hielt sich einen Finger vor den Mund. „Du weißt ... wie immer." Er grinste.

„Gerüchte", sagte sie lächelnd und schloss die Tür. Als sie wieder hinter die Bar kam, sah Daniela sie fragend an.

„Wo ist Manuela?", fragte sie.

„Darius hat sie nach Hause geschickt. Es ist alles in Ordnung."

Daniela atmete erleichtert auf. „Und sie hatte so eine Angst. Dabei ist Darius ein herzensguter Mensch." Sie prostete Sibylle zu. „Das habe ich ihr ja gesagt, dass sie keine Angst haben muss." Sie stand auf und stieg auf das Podest.

Sibylle lächelte ihr nach. Langsam öffnete sie eine Schublade und holte eine weiße Packung hervor. Unbemerkt drückte sie zwei Tabletten in ein gefülltes Wasserglas und rührte, bis sie sich aufgelöst hatten. Damit in der Hand ging sie zu dem Kellereingang. Frank sah sie an und grinste. Sie hob das Glas und er nickte. Langsam stieg er die Treppen hinab. Sibylle folgte ihm. Er schloss die alte Holztür auf und die Bardame trat ein. Ein schmaler, fahler Lichtschein durchbrach die Dunkelheit nur teilweise. Sie schritt auf Manuela zu und hockte sich vor ihr hin. Lächelnd reichte sie ihr das Glas.

„Was ist das?", flüsterte Manuela. Sie sah Sibylle misstrauisch an. „Was gibst du mir da?"

„Das ist nur zur Beruhigung. Du bist aufgebracht." Sibylles Stimme klang sanft. „Hier, trink." Sie reichte Manuela das Glas. „Das wird dir guttun."

„Ich will mich aber nicht beruhigen", zischte sie. Sie stieß Sibylles Hand weg. Frank griff in seine Jacketinnentasche. Sibylle sah ihn an und schüttelte den Kopf. „Lass gut sein", sagte sie zu ihm.

Sibylle streichelte Manuela übers Gesicht. „Aber du bist so aufgebracht. Das wird dir helfen." Sie lächelte sie an. „Ich will dir nichts böses. So gut müsstest du mich eigentlich kennen." Sie seufzte. „Ich will dir doch nur helfen."

„Was ist das überhaupt? Aufgelöstes Koks? Sollst du mich jetzt umbringen?" Manuela versteckte ihren Kopf zwischen den Knien. „Trink es doch selber." Sie verdrehte die Augen und schnaufte. „Ich werde es nicht tun." Sie wandte sich von Sibylle ab.

„Glaub mir. Darius will dich nicht umbringen. Er will dir nur helfen."

„Dann soll er mich einfach gehen lassen. Was ist daran so schwer?"

Frank betrat den Raum und stellte sich hinter Manuela. Er nahm ihren Kopf in seine kräftigen Hände und öffnete gewaltsam ihren Mund. Sie wehrte sich heftig und versuchte ihren Kopf wegzudrehen. „Nein", schrie sie. „Lasst mich in Ruhe." Aber gegen seine Kraft hatte sie keine Chance.

Sibylle schüttete den Inhalt des Glases in Manuelas Mund. Frank drückte ihren Mund wieder zu. Manuela konnte nicht lange gegen den Schluckreflex ankämpfen. Ein bitterer Geschmack breitete sich in ihrem Mundraum aus. Sie verzog das Gesicht. Sibylle sah sie grinsend an und nickte zustimmend. „So ist es gut. Jetzt ruhe dich aus." Sie hob Manuela hoch und führte sie in eine Ecke des Raumes, in dem eine alte, uringenässte Matratze lag. Manuela ließ sich sinken. Ein beißender Geruch stieg ihr in die Nase. Ekel stieg in ihr hoch. „Was habt ihr nur vor?", flüsterte sie. Eine starke Müdigkeit, gegen die sie nicht länger ankämpfen konnte, überkam sie. Sie schloss die Augen und schlief ein. Ihr Atem floss ruhig und gleichmäßig. Sibylle erhob sich und nickte Frank zu. „So ist es gut", flüsterte sie. „Du wirst schon wieder zur Vernunft kommen." Sie lachte. „Von wegen Aussteigen. Wo lebst du eigentlich?" Sie schüttelte den Kopf. „Als ob wir eine von euch gehen lassen würden." Sie erhob sich und wandte sich Frank zu. „Lass uns gehen."

Sibylle verließ den Raum und Frank verschloss ihn wieder. Gemeinsam stiegen sie die Treppe hinauf. „Sie wird sich wieder beruhigen", sagte sie zu Frank, während er die Kellertür abschloss. Zügig ging sie hinter den Tresen. Bitte komme wieder zur Vernunft, Ela, betete sie innerlich. Ich bitte dich. Du weißt nicht, wie Darius wirklich ist. Er wird dir dein Leben zur Hölle machen. Sie seufzte tief. Du hast doch keine Ahnung. Du wirst dich vor ihm nicht verstecken können. Ein kalter Schauer lief ihr über den Rücken. Einmal in den Fängen, dann bist du es für immer.

Daniela räkelte sich an der Stange und hatte einen älteren Mann mit grauem Haarkranz im Auge, der seinen Blick nicht von ihr abwenden konnte. Sibylle seufzte und goss sich ein Glas Bacardi ein. Sie trank einen kräftigen Schluck und sah sich in der

Bar um. Ein junger Mann an der Theke winkte sie zu sich heran. Sie schenkte ihm ein Bier ein und reichte es ihm mit einem charmanten Lächeln. Dann sah sie wieder zu Daniela hinüber. Ihr Herz wurde schwer. Gedankenversunken leerte sie ihr Glas und spülte es aus. Sie würde auch gerne aufhören, aber ... . Als sie vor dreißig Jahren angefangen hatte, war Darius noch nicht so aggressiv. Das kam erst mit der Zeit. Damals war er noch ganz ein Gentleman und auch der Kundenkreis war hier ganz anders. Mit der Zeit wurde es immer schlimmer. Sie zündete sich eine Zigarette an und lehnte sich an die Wand. Sie blickte dem blauen Dunst nach, wie er sich im Raum verteilte. Ihr Herz wurde schwer.

Sie blickte zu Daniela rüber und lächelte. Mach uns bloß keinen Ärger, dachte sie, als sie Daniela beobachtete. Es wäre schade um dich. Einmal in den Fängen von Darius, dann bist du es für immer. Entweder arrangierst du dich oder er entsorgt dich. So läuft es ... leider. Sie blickte zu Boden. Wenn ich könnte, wäre ich auch schon längst weg.

Sibylle seufzte und drückte die Zigarette aus. Ob sie nochmal nach Manuela schaut? Sie blickte um die Ecke. Kein Mensch zu sehen. Sie schlich zur Kellertür und drückte die Klinke herunter. Verschlossen. Als sie sich umdrehen wollte, spürte sie kaltes Eisen im Nacken. „Was machst du hier?", fragte eine düstere Stimme. Sibylle drehte sich langsam um. Erschrocken riss sie ihre Augen weit auf.

28. Kapitel

Manuela saß vor dem Spiegel und schminkte sich. Wie jeden Abend. Seit zwei verdammt langen Jahren. Sie seufzte und setzte sich eine lockige, blonde Langhaarperücke auf. Sie rückte sie zurecht und sah sich im Spiegel an. Sie lächelte gequält. Langsam stand sie auf und ging zum Fenster. Sie öffnete es und sah hinunter. Eine Feuertreppe führte nach unten. Wenn ich einfach springe?, dachte sie. Dann wäre ich frei. Sie stieg auf den Fenstersims.

„Was machst du da?" Daniela stand in der Tür und sah sie entsetzt an. „Komm runter da." Sie ließ ihre Tasche auf den Boden fallen und rannte zu ihrer Freundin.

Gerade als Manuela springen wollte, zog sie Daniela zurück ins Zimmer. Sie lagen auf dem Boden und starrten zur Decke. Die

Perücke, die Manuela trug, war verrutscht und verdeckte ihr halbes Gesicht. Sie setzte sich auf und rückte sie wieder zurecht. „Was hast du getan?", fragte sie Daniela und schaute sie traurig an. „Warum lässt du mich nicht gehen?" Tränen traten ihr in die Augen. „Lass mich gehen." Sie schluchzte. „Ich will frei sein. Verstehst du das denn nicht?"

„Bist du verrückt?", rief Daniela erschrocken aus. „Das ist doch keine Lösung." Sie sah ihre Mutter vor sich.

Tränen liefen Manuela übers Gesicht. „Ich will sterben. Lebend lässt mich Darius doch sowieso nicht gehen", schluchzte sie. Sie stand vom Boden auf. „Du hättest mich nicht retten sollen." Sie setzte sich vor den Spiegel und rückte sich die Perücke zurecht. „Ich kann nicht mehr. Es kotzt mich alles so an."

Daniela sprang auf. „Ich habe das Richtige getan." Ihre Augen blitzten auf vor Wut.

Manuela schminkte sich neu. Nachdem sie fertig war, sagte sie monoton: „Ich gehe dann schonmal runter." Sie sah Daniela mit leeren Blicken an. „Wir sehen uns unten." Langsam verließ sie das Zimmer und schlurfte den Flur hinunter. Daniela sah ihr besorgt hinterher. „Ich komme gleich nach", rief sie und schloss die Tür. Das war knapp. Nicht auszudenken, wenn sie gesprungen wäre. Aber ich muss ein Auge auf sie haben. Sie setzte sich vor den Spiegel und trug ihr Make-up auf.

Daniela betrat die Bar. Ihre rote Kurzhaarperücke saß perfekt. Aber sie war voller Sorge um ihre beste Freundin. Sie blieb am Treppenabsatz stehen und blickte sich um. Wo ist Manuela? Sie drehte sich langsam um die eigene Achse. Nirgendwo war sie zu entdecken. Sie ging zur Bar und setzte sich auf einen Hocker. „Hast du Manuela gesehen?", fragte sie Sibylle. „Ich mache mir Sorgen. Sie ist so verändert." Daniela erzählte der Bardame die jüngsten Vorkommnisse. Als sie geendet hatte, sagte sie: „Nicht auszudenken, wenn ich nicht rechtzeitig gekommen wäre." Sie schüttelte sich. „Daran darf ich gar nicht denken." Ein kalter Schauer lief ihr über den Rücken. „Wir müssen ein Auge auf sie haben." Sie trank einen Schluck Champagner, den Sibylle vor ihr hingestellt hatte. Daniela sah sich um. Wo ist sie nur? Hilfesuchend sah sie Sibylle an. „Du hast sie wirklich nicht gesehen?" Sie schlug ihre Beine übereinander. Ihre Finger klapperten auf dem Tresen. Ihr Herz schlug ihr bis zum Hals. Sie seufzte und stand auf. Nervös ging sie in den hinteren Bereich. Wo bist du nur? Sie sah in jede Ecke. Niedergeschlagen setzte sie sich wieder an die Bar. Ist sie etwa wieder hochgegangen? Oh nein ... nicht das sie wieder springen will. Panisch sprang Daniela vom Hocker auf und rannte nach oben. „Ela?", rief sie, als sie die Zimmertür aufriss. Niemand zu sehen. Das Fenster war verschlossen. Erleichtert, aber auch besorgt schloss sie wieder die Tür. Wie damals, als sie ihre Mutter tot vorfand. Mit einer Spritze im Arm. Sie konnte ihr nicht mehr helfen. Noch einmal möchte sie es nicht durchmachen wollen. Tränen liefen ihr über die Wangen. Sie stieg langsam die Treppe zur Bar hinab. Seufzend stellte sie sich neben Sibylle und blickte zu Boden. „Ich mache mir solche Sorgen. Wo ist sie nur?" Sie hob ihren Kopf. „Ich habe erst meine Mutter verloren. Ich möchte jetzt nicht auch noch meine beste Freundin verlieren", schluchzte sie. Sie schenkte sich ein Glas Whisky ein. Nachdem sie es in einem Zug geleert hatte, spülte sie es aus und setzte sich wieder auf ihren Platz. Sie sah sich nervös um.

„Sie wollte mal frische Luft schnappen", antwortete die Bardame beiläufig und zündete sich eine Zigarette an. „Guck mal vor der Tür." Sie stieß eine Rauchwolke aus.

Daniela öffnete die Eingangstür des Bordells und ging hinaus. Die Luft an diesem Spätsommerabend war frisch und kühl. Eine Gänsehaut ergriff sie. Langsam stieg sie die Stufen hinab. An der Hauswand gelehnt stand Manuela und sah dem Rauch ihrer Zigarette nach. „Seit wann rauchst du denn?", fragte Daniela. „Willst du nicht wieder reinkommen? Nicht das du dich noch erkältest." Sie sah ihre Freundin von der Seite an. „Ich habe mir Sorgen gemacht." Sie baute sich vor Manuela auf. „Hallo?" Daniela nahm sie in den Arm. „Geile Lesben", rief eine Stimme von der gegenüberliegenden Seite. Daniela drehte sich um und hob den Mittelfinger. „Komm wieder mit rein", bat sie ihre Freundin. „Es ist kalt." Sie rieb sich die Arme. „Ich gehe schonmal, ja?" Vor der Tür drehte sie sich um.

„Ich komme gleich", erwiderte Manuela und schnippte die Zigarette weg. „Hey, Süßer. Wie wär es mit uns beiden?", rief sie einem jungen Mann hinterher, der an ihr vorbeiging und sie mit großen Augen ansah. „Komm her, Süßer. Gehen wir rein und haben Spaß." Der junge Mann kam auf sie zu und legte einen Arm um ihre Hüfte. Gemeinsam gingen sie in das *Pussycat*.

Erleichtert ging Daniela hinterher und setzte sich wieder an die Bar. Kurz darauf wurde die Eingangstür aufgerissen und eine

Horde junger Männer betrat brüllend und singend die Bar. Sibylle verdrehte ihre Augen und beugte sich zu Daniela. „Junggesellenabschied", sagte sie. „Jetzt wird es lustig. Mach dich bereit. Die sind schon so besoffen, dass du ihnen gut das Geld aus der Tasche ziehen kannst." Sie gab ihr einen Schubs, so dass Daniela vom Hocker sprang. „Los. Das wird deine Nacht." Sie grinste Daniela an. „Mach schon." Sibylle drehte die Musik lauter. „Kommt rein, Jungs", rief die Bardame der Gruppe entgegen. „Wenn ihr Spaß haben wollt, seit ihr hier richtig." Sie schenkte Schnaps in kleine Gläser. „Hier greift zu", forderte sie die Gruppe auf.

„Wer ist denn der Glückliche?", fragte Daniela. Sie reichte jedem ein Schnapsglas.

„Na ich", rief der Vorderste. „Die anderen sind nur Kumpels. Wir wollen noch etwas Spaß haben."

„Den werdet ihr bekommen. Wartet einen Moment." Sie ging zu Sibylle. „Kannst du das Licht im privaten Raum bitte anmachen?" Zur Gruppe gewandt sagte sie: „Kommt Jungs, folgt mir."

Sie schritt voran und die jungen Männer folgten ihr, wie die Kinder dem Rattenfänger von Hameln. Daniela forderte einige Mädels, die gelangweilt an der Bar saßen, auf mitzukommen. Sie ließen sich nicht lange bitten und schlossen sich der Gruppe an. Daniela öffnete eine Tür mit der Aufschrift *Privater Raum* und sie traten ein. Eine Discokugel drehte sich an der Decke und warf ein sternenähnliches Bild an die Wände. Der Bass dröhnte aus den Lautsprechern in den Ecken. Eine junge Frau lief sofort zum Podest und fing an sich an der Stange zu räkeln. Sibylle kam mit einem großen Tablett in den Raum und stellte eine große Flasche Champagner und Gläser vor ihnen hin. „Bedient euch", forderte sie die Gruppe auf und verließ lächelnd das Zimmer. Daniela stieß mit jedem einzelnen an und die jungen Männer leerten ihre Gläser in einem Zug. Sofort fingen sie an, die Frauen zu umarmen und zu küssen. Die Nacht verlief in einer ausgelassenen Stimmung. In regelmäßigen Abständen brachte Sibylle eine Flasche Champus. Einige Jungs verschwanden mit den Mädels einzeln in den obigen Zimmern. Nur der Bräutigam nicht. Er verließ den Raum nicht. Ein treuer Mann, dachte Daniela und lächelte ihn an. Sie setzte sich auf seinen Schoß und hielt ihm ein Glas Champagner hin. Der lehnte dankend ab. „Ich muss langsam nach Hause", lallte er und stand auf. „Na, ein Glas zum Abschied können wir doch noch." Sie sah ihn mit einem Hundeblick an. Er zuckte mit den Schultern. Sie reichte ihm ein Glas und sie stießen an. „Ich kann auch ein wenig für dich tanzen." Er setzte sich und Daniela stieg auf das Podest. Sie räkelte sich an der Stange. Der Bräutigam sah ihr mit großen Augen zu. „Gefällt dir, was du siehst?" Auf allen vieren kroch sie auf ihn zu. Er nickte. Sein Mund stand weit offen. Daniela setzte sich auf seinen Schoß und küsste seinen Hals. „Wir können auch gerne nach oben gehen", hauchte sie in sein Ohr. Er sah sie an und schüttelte mit dem Kopf. Daniela stand auf und nahm seine Hand. „Nur ein paar Minuten." Sie zog ihn vom Stuhl hoch. Gerade als sie den Raum verlassen wollten, schubste er Daniela von sich weg. Sie sah in verwundert an. „Was ist los?"

„Ich gehe jetzt nach Hause", lallte er. Schwankend verließ er das Bordell.

Daniela setzte sich an die Bar. „Na, wart ihr erfolgreich?", fragte Sibylle.

„War nicht schlecht. Einige müssten noch oben sein."

Kaum hatte sie es ausgesprochen, kam die restliche Gruppe die Treppe hinuntergepoltert und verließen laut singend das *Pussycat*. Daniela streckte sich und sah auf die kleine Uhr, die hinter der Theke stand. „Ist ja schon sechs durch." Sie gähnte. „Ich werde mich dann mal umziehen." Sie stand auf und stieg die Treppe hinauf.

Daniela öffnete die Tür und trat hinein. Manuela lag ausgestreckt auf dem Bett. „Na, bist du auch so kaputt?", fragte Daniela und setzte sich vor den Spiegel. Ihre Freundin antwortete nicht. „Schläfst du?" Sie drehte sich zu ihr um. Ein kalter Schauer lief ihr über den Rücken. Irgendetwas stimmte nicht. Langsam stand sie auf und trat an das Fußende des Bettes. „Hey." Sie rüttelte an Manuelas Beinen. Keine Reaktion. Langsam ging sie zum Kopfende. Erschrocken wich Daniela zurück. Sie konnte nicht glauben, was sie dort sah. Manuela lag mit weit aufgerissenen, blutunterlaufenen Augen da und starrte leblos an die Decke. Die Zunge hing aus dem Mund. Um ihren Hals war ein schmaler Draht gelegt, der sich tief in die Haut geschnitten hatte. Daniela stieß einen gellenden Schrei aus. Panisch stürmte sie aus dem Zimmer. Ihr Herz klopfte wild in ihrer Brust. Sie stolperte und fiel zu Boden. Schnell stand sie wieder auf und rannte die Treppe hinunter. Außer Atem kam sie in die Bar. „Hilfe", schrie sie. „Ich brauche Hilfe."

Sibylle wischte die Theke mit einem feuchten Lappen ab. Sie sah Daniela verwundert an. „Was ist denn passiert?", fragte sie und schmiss den Lappen in die Spüle.

Daniela griff nach Sibylles Arm. Panik sprang ihr aus den Augen; sie hechelte wie ein Hund. Ihr Gesicht war kreidebleich. „Komm schnell", rief sie. „Manuela." Sie zog Sibylle mit sich.

Beide rannten die Treppe hinauf. „Hey", rief eine junge Prostituierte, als sie von Daniela zur Seite geschubst wurde. „Geht's noch?" Mit dem Kopf schüttelnd stieg sie die Treppe hinab.

Beide rannten den Flur entlang. „Was ist denn los?" Eine ältere Prostituierte mit einer großen Oberweite steckte den Kopf aus ihrem Zimmer. „Ist was passiert?" Langsam folgte sie dem Duo den Flur entlang. „Was ist denn los?", fragte sie erneut.

Vor dem Zimmer blieb Daniela stehen und sah Sibylle an. Langsam betraten sie den Raum. Das Fenster stand weit offen. „War das schon auf?"

„Ich weiß es nicht", antwortete Daniela. „Meinst du, er war noch hier drinnen, als ich sie gefunden habe?"

Sibylle zuckte mit den Schultern. „Gut möglich." Sie verließ das Zimmer.

Daniela ging zum Fenster und beugte sich hinaus. Die Feuerleiter war bis unten ausgezogen. Sie sah sich um. Eine Gestalt rannte über den Hof. Das ist er, schoss es ihr durch den Kopf. „Hey, stehen bleiben", rief sie.

Gerade als sie das Fenster schließen wollte, fiel ihr Blick auf etwas Glänzendes. Sie griff danach und beäugte es. Ein kalter Schauer lief ihr über den Rücken. Nein, das konnte nicht möglich sein. Sie sah die silberne Kette mit dem Jungfrauzeichen an. Auf keinen Fall war er es. Das konnte sie ihm nicht zutrauen. Als sie Schritte und Darius' Stimme hörte, die langsam näher kamen, ließ sie die Kette schnell in ihrer Handtasche verschwinden und schloss das Fenster.

„Ach du Scheiße." Darius starrte auf die Leiche. „Wer war das?" Er sah Daniela mit finsterer Miene an.

Sie zuckte mit den Schultern. „Keine Ahnung. Ich habe sie so vorgefunden."

Sibylle stand hinter ihr und legte ihre Hände auf ihre Schultern. „Komm", sagte sie, „gehen wir runter. Ich geb dir was zu Beruhigung."

„Danke. Aber ich brauche nichts." Tränen rannen ihr über die Wangen.

„Wenn ich den erwische ...". Darius ballte seine Hände zu Fäusten. „Ich werde ihn killen. So wie er Manuela umgebracht hat." Er sah seinen Assistenten an. „Suche ihn und bring ihn mir", befahl er ihm und wandte sich zum Gehen.

„Ich helfe ihm", warf Daniela ein.

Darius drehte sich um und ging langsam auf sie zu. „Ist das dein Ernst?"

Sie nickte. „Ja, das bin ich ihr schuldig. Bitte lass mich ihn alleine finden. Ich verspreche dir, den Schuldigen zu übergeben."

„Du weißt, wer es war?" Darius legte seinen Kopf schief.

Daniela schüttelte den Kopf. „Nein. Aber ich werde ihn finden." Er darf auf keinen Fall Danny in die Finger bekommen, dachte sie. Das wäre sein sicherer Tod. Das konnte sie nicht zulassen. Erst muss sie mit ihm reden.

Danny! Diese zierliche Figur kann es nicht gewesen sein. Sie traute es ihm einfach nicht zu. Oder ...?

„Nun gut. Dann hast du jetzt die Verantwortung." Darius verließ das Zimmer. „Bring ihn mir. Du hast es unter Zeugen versprochen", rief er aus dem Flur.

Daniela seufzte. Frank zückte sein Handy und rief die Polizei, die schnell da war. Daniela beantwortete ein paar Fragen und verließ dann das *Pussycat*. Sie musste unbedingt Danny finden. Wo hält er sich auf? Viel wusste sie von ihm nicht. Aber sie war überzeugt, dass er es nicht war.

Hamburg – Schnelsen
2020

29. Kapitel

Norman gab seiner Frau einen Kuss auf die Stirn, warf die Decke zurück und setzte sich auf die Bettkante. Er streckte sich und gähnte.

„Guten Morgen", murmelte Daniela. „Bist du schon wach?" Sie schaute auf die Uhr. „Ist doch erst sieben durch. Komm wieder ins Bett. Ist doch Samstag."

Er drehte seinen Kopf. „Ich muss noch ins Büro. Du weißt doch, dass ich heute Nachmittag in München sein muss."

Ach ja! Daniela rieb sich das Gesicht. Gestern Abend hatte er ihr erzählt, dass er wegen dem Großauftrag nach München muss. Sie erinnerte sich. „Wann kommst du dann wieder?", fragte sie und gähnte.

„Morgen Abend." Er stand auf und verschwand im Bad.

Daniela stand auf, warf sich ihren Morgenmantel über und stieg die Treppe hinab. Sie schaltete die Kaffeemaschine ein und zündete sich eine Zigarette an. Während sie an der Spüle gelehnt stand und die morgendliche Zigarette genoss, kam Norman in die Küche. Er wedelte mit der Hand den Rauch weg. „Seit wann rauchst du denn wieder? Du hast doch aufgehört." Er hustete und öffnete das Fenster. „Dadurch kommt Emma auch nicht wieder." Er nahm seine Frau in den Arm. „Tut mir leid. Das wollte ich nicht sagen."

Daniela warf die Zigarette in die Spüle und drehte den Wasserhahn auf. „Entschuldige. Das sind die Nerven." Sie warf den Stummel in den Müll. „Kaffee?" Sie reichte ihrem Mann eine Tasse.

Er schenkte sich Kaffee ein und setzte sich an den Tresen.

„Hast du Hunger?", fragte Daniela. „Ich mach uns was. Rühreier und Toast. Das hat Emma immer so gern zum Frühstück gegessen." Sie stellte sich an den Herd, vergrub das Gesicht in den Händen und fing an zu schluchzen.

Norman nahm sie in den Arm. „Ist schon gut", flüsterte er. „Ich vermisse sie auch."

Wenn du wüsstest! Du würdest mich umbringen. Sie weinte bitterlich. „Jetzt musst du dir ein neues Hemd anziehen. Tut mir leid."

Norman grinste. „Ist doch nicht so schlimm." Er sah seine Frau tief in die Augen. „Rühreier klingt gut."

Nachdem sie gefrühstückt hatten, verabschiedete sich Norman mit einem dicken Kuss von seiner Frau und verließ das Haus. Daniela räumte das benutzte Geschirr in die Spülmaschine und blickte aus dem Fenster. Sie sah, wie ihr Mann vom Hof fuhr und um die Ecke bog. In Gedanken versunken stieg sie die Treppe hinauf und ließ sich ein Bad ein. Als sie ins warme Wasser gleitete, merkte sie, wie sie sich entspannte und ein wohliges Gefühl ihren Körper durchfuhr. Sie tauchte unter und schloss die Augen. Stille umgab sie. Fern von allen Sorgen und Ängsten. Am liebsten würde sie gar nicht mehr auftauchen. Ein Gedanke schoss ihr durch den Kopf. Mit einem kräftigen Ruck setzte sie sich auf. Wasser schwappte auf den Boden. Sie fuhr sich durch das Gesicht und blickte mit weit aufgerissenen Augen an die Wand. Das ist es! Das ist der Anfang! Na klar! Warum habe ich das die ganze Zeit nicht gesehen?

„Danny", flüsterte sie. „Was wohl aus dir geworden ist?" In ihrem Bauch kribbelte es. Nein, ich darf und will nicht meinen Mann betrügen. Aber ich muss dich finden. Wir haben einiges zu bereden. Ihr Herz pochte vor Aufregung. Wo soll sie ihn nur finden? Aber er ist der Schlüssel. Da war sie sich sicher.

Sie stieg aus der Wanne, zog sich an und ging hinunter. Sie schaltete das Kellerlicht an und öffnete die geheime Tür. Mit dem Kästchen in der Hand ging sie ins Wohnzimmer und setzte sich auf die Couch. Sie öffnete es und holte die Kette hervor.

Daniela steckte sie in ihre Handtasche und verließ das Haus. Sie stieg in die S-Bahn ein und fuhr zur Reeperbahn.

30. Kapitel

„Verpiss dich hier! Das ist mein Bereich!",
schrie eine Prostituierte, als Daniela die
Herbertstraße betrat. Ein Schuh traf sie am
Hinterkopf. Sie drehte sich um und ging auf
die Prostituierte zu. Wie hat es sich hier
verändert. Mit dem Schuh in der Hand, sah
sie sie boshaft an.

„Hier hast du deinen Schuh wieder",
fauchte sie sie an. „Außerdem habe ich vor
25 Jahren hier selber gearbeitet." Mit einem
verachtenden Blick sah Daniela sie an und
musterte sie von oben bis unten. Sie zog eine
Augenbraue hoch und schnalzte mit der
Zunge. „Entschuldigung, Schwester",
entschuldigte sich die Prostituierte. „Das
wusste ich nicht." Ihre Augen glänzten. „Was
machst du dann hier?" Sie stützte ihre Hände
in den Hüften ab. „Brauchst du Geld oder

was?" Nach einer Pause fuhr sie fort: „Oder hat dich dein Alter sitzen lassen?" Sie schaute Daniela mit einem Schmollmund an. „Wie traurig." Sie rieb sich mit den Fingerknöcheln die Augen. Daniela verdrehte die Augen. Noch ein Wort und ich knall dir eine, dachte sie. Sie schüttelte mit dem Kopf.

„Ich habe was zu erledigen. Im *Pussycat.*" Sie musterte die Prostituierte von oben bis unten. „Ich wünsche dir noch gute Geschäfte." Sie drehte sich um und setzte ihren Weg fort. Sie atmete tief durch.

„In dem Ramschladen?", rief die Prostituierte hinter Daniela her. „Da verkehren doch nur Junkies und Billignutten, die uns hier den Preis drücken." Sie spuckte auf die Straße. „Viel Spaß, Schwester." Sie zog ihren Schuh wieder an. „Grüß Sibylle, die Schlange von mir. Mit ihr habe ich noch eine Rechnung offen", brüllte sie.

Daniela zeigte ihr den Mittelfinger, ohne sich umzudrehen. Sie öffnete die Tür des Bordells und trat ein. Sibylle kam freudestrahlend auf sie zu. „Anni", rief sie freudig. „Schön dich hier zu sehen." Sie drückte Daniela fest an sich. „Wie geht es dir? Willst du was trinken?"

Daniela winkte ab. „Nein, danke." Sie sah ihr in die Augen. „Sag mal, ist Darius da?"

„Nein." Sibylle lachte. „Doch nicht am Vormittag. Warum?" Sie lachte.

Was sage ich ihr jetzt?, schoss es Daniela durch den Kopf. Rasch sagte sie: „Ich habe Letzens hier was im Büro vergessen. Wollte es nur holen."

Sibylle winkte ab. „Wenn das alles ist. Du weißt ja, wo es ist. Ich sage ihm auch nicht, dass du in seiner Abwesenheit im Büro warst."

Als Daniela die Tür des Büros hinter sich schloss, griff Sibylle zu ihrem Handy und wählte eine Nummer. Als am anderen Ende abgehoben wurde, flüsterte sie: „Sie ist jetzt drin." Ohne den Blick von der Bürotür abzuwenden, legte sie auf und ließ ihr Handy in einer Schublade verschwinden. Sie zündete sich eine Zigarette an und setzte sich auf einen Barhocker. Zu gern wäre sie jetzt ins Büro gestürmt. Nur um die arme Daniela zu beobachten. Sie hustete. Sollte sie jetzt ein schlechtes Gewissen haben? Nein! Warum? Daniela hat sich das alles selber eingebrockt, als sie sich in diesen Danny verliebt hat. Denkt sie jetzt etwa, sie könnte ihn ausfindig machen? Sibylle grinste. Wenn du wüsstest, dachte sie. Du wirst den Schock des Lebens bekommen. Sie drückte die Zigarette im Aschenbecher aus und stand auf. Langsam wie ein Löwe schlich sie zur Bürotür und lugte durch den offenen Spalt. Am liebsten würde sie es jetzt filmen, wie Daniela durch den Raum streift. Leise schloss sie die Tür und ging zur Bar. Sie summte ein Lied vor sich hin. Warum hast du dich damals angeboten, den Täter zu finden? In manche Sachen steckt man sich nicht rein. Aber wer nicht hören will ... Sie lachte und schenkte sich ein Glas Whisky ein. Du dumme Gans.

Daniela sah sich in dem kleinen, fensterlosen Raum um. Kalter Rauch und

Alkohol stach ihr in die Nase. Sie verzog das Gesicht und hielt ihre Nase zu. Eilig ging sie zum Schreibtisch und setzte sich auf den Drehstuhl. Vorsichtig öffnete sie eine Schublade und durchwühlte sie. Als sie nichts fand, öffnete sie die Nächste. Sie zuckte zusammen. Wurde die Tür gerade geschlossen? Sie war sich sicher, die Tür selber zugemacht zu haben, als sie den Raum betrat. Sie durchwühlte die Schublade. Was ist das? Mit zitternden Händen holte sie einen zerknüllten Zettel hervor. Sie faltete ihn auseinander und erschrak. Was hat das zu bedeuten? Sie las sich die vergilbte Schrift immer wieder durch. Sie muss Danny so schnell wie möglich finden. Nur er kann ihr das erklären. Hat er womöglich doch was mit dem Tod von Manuela zu tun? Sie sah an die Wand. Nein, das konnte und wollte sie nicht glauben. Sie las den Zettel noch einmal.

Danny
Schulden für Kokain
20.000 D-Mark

Wenn er nicht begleicht, dann Tod

Sie schluckte schwer. Hat er seine Schulden schon bezahlt oder ist er womöglich nicht mehr am Leben?

Sie steckte den Zettel in ihre Tasche und verließ das Büro.

„Na, hast du gefunden, was du gesucht hast?", fragte Sibylle.

„Ja, danke dir. Mach´s gut." Sie umarmte die Bardame und verließ das Bordell.

Sibylle sah ihr nach und grinste. Der Plan ist aufgegangen, dachte sie und klatschte in die Hände.

Die Sonne blendete Daniela in den Augen und sie setzte sich die Sonnenbrille auf. In Gedanken versunken verließ sie die Herbertstraße. Danny, wo bist du? Sie schlenderte die Reeperbahn zur nächsten Bahnstation hinunter. Um diese Zeit war alles hier wie ausgestorben. Zerknülltes Papier lag auf dem Gehweg, gemischt mit Essensresten, leeren Flaschen und Erbrochenem. Auf der einen Seite vermisste sie die Zeit, als sie noch hier gearbeitet hatte. Alle waren wie eine große Familie. Aber auf er anderen Seite war sie auch wieder froh, hier nicht mehr arbeiten zu müssen. Daniela stieg in die Bahn und fuhr nach Hause. Sie schaute aus dem Fenster und ließ ihre Gedanken schweifen. 72 Stunden, dröhnte es in ihrem Kopf. Und nun ist es Samstag. Viel Zeit bleibt nicht mehr. Ihr Herz bummerte und ihr Mund wurde trocken. Wenn sie so langsam keinen Anhaltspunkt findet, dann ist Emma tot. Tränen stiegen ihr in die Augen. Eine ältere Dame, die ihr gegenüber saß, sah sie mitleidig an. Daniela setzte sich die Sonnenbrille wieder auf, erhob sich und stellte sich an die Tür. Als der Zug in den Bahnhof einfuhr, drückte sie auf den Türknopf. Sie öffneten sich, als der Zug gehalten hatte und Daniela stürmte aus der Bahn. Mit großen Schritten ging sie nach Hause. Das ist alles nur ein böser Traum. Gleich wache ich auf. Aber kein erlösender Wecker klingelte. 72 Stunden! Die Zeit drängt. Jetzt muss sie einen kühlen Kopf bewahren. Für Emma! „Ich darf jetzt nicht die Nerven verlieren", sagte sie zu sich selbst. Ein Nachbar grüßte sie, den sie gar nicht wahrnahm. Er blickte kopfschüttelnd hinter ihr her. Sie kramte in der Tasche nach dem Schlüssel. Wo ist er nur? Sie fluchte vor sich hin. Als sie ihn endlich gefunden hatte, schloss sie die Tür auf und betrat das Haus. Sie lauschte. Keiner da. Stille kroch in ihre Ohren. Nachdem sie die Haustür hinter sich zugezogen hatte, setzte sie sich auf die Couch und holte tief Luft. Sie nahm den Zettel aus ihrer Tasche und legte ihn auf den Tisch. Die Kette frapierte sie daneben. Wo ist da der Sinn?

Verzweifelt stand sie auf und ging in das obere Stockwerk. Sie öffnete den Kleiderschrank und holte ein paar Klamotten heraus. Dann wird sie jetzt die Sommersachen auf den Dachboden bringen. Der Herbst steht vor der Tür und jetzt brauchen sie keine kurzärmligen Shirts mehr. Und es zerstreut so schön die Gedanken. Mit einem dicken Bündel im Arm ließ sie die Treppe zum Dachboden herunter und stieg sie vorsichtig hinauf. Sie kramte eine Kiste hervor und tat die Sachen hinein. Daniela machte sich daran, die Stufen wieder hinunterzusteigen. Aber halt! Was ist das? Eine Diele wackelte unter ihren Füßen. Sie kniete sich hin und sah sich die Diele genauer an. Die Nägel waren entfernt. Kein Wunder, dass sie locker ist. „Dann werde ich mal einen Hammer und Nägel holen", sagte sie zu sich selber. Als sie aufstand, bog sich die Holzdiele nach oben und Daniela sah etwas Glänzendes. Neugierig hob sie die Diele heraus und holte eine kleine Schachtel hervor. Sie öffnete den Deckel. Das kann nicht sein! Wo kommt das her? Sie holte alte Fotos hervor. In dem fahlen Licht des Dachbodens konnte sie kaum etwas erkennen. Sie packte die Fotos wieder rein und klemmte sich die Schachtel unter den Arm. Langsam stieg sie die Stufen wieder hinab und schloss die Luke. Sie öffnete ihren Fund und sah sich die Fotos genauer an. Nein, das kann nicht wahr sein! Von den

Fotos lachte ihr ein Gesicht entgegen, dass sie sehr gut kannte. Woher kommen diese Fotos? Sie hielt sich eine Hand vor den Mund. Wie kommt ihr Mann an Bilder von Danny? „Steckst du mit Darius unter einer Decke?", flüsterte sie. „Bist du wirklich in München?" Sie stand wie gelähmt im Flur. Was bezweckst du? Ich werde es herausfinden. Und dann gnade dir Gott. Geschockt ging sie langsam ins Wohnzimmer und setzte sich auf die Couch. Sie legte die Fotos auf den Tisch. „Wenn du Emma entführt hast – hast du dann auch Danny umgebracht?", fragte sie in den Raum hinein. „Oder hast du sogar Manuela getötet?" Sie sah aus dem Fenster. Das ist ein Alptraum.

31. Kapitel

Daniela nahm ein Foto und faltete es auseinander. Da war er! Danny! Wie er mit zwei Kumpels fröhlich in die Kamera guckte. Sie drehte das Foto um. *Micha, Norman und Sebi* stand dort in verblichener Schrift. Sie drehte es und schaute es sich genauer an. Um Dannys Hals erkannte sie die Kette, die vor ihr lag. Sie schaute nochmal auf die Rückseite. Komisch. Wieso steht da Norman? Sie legte das Foto zur Seite und nahm das nächste. Auf dem war Danny in Badehose am Elbufer zu sehen. Sie drehte es um. *Sommer 1995.* Sie sah es genauer an. Auch auf dem Foto hatte er die Kette von Danny um. Jetzt verstand sie gar nichts mehr. Sie stand auf und streckte sich. Da fiel ihr eine schwarze Haarlocke in der Schachtel auf. Sie holte sie heraus und hielt sie hoch. Warum hebt ihr Mann, Dannys Haarlocke auf? Sie erschrak. Hat er etwa Danny ...? Sie schüttelte den Kopf. Dann nahm sie den Zettel, den sie in Darius' Büro fand und las ihn noch einmal. Kann es sein, dass Danny seine Schulden nicht bezahlt hat und Darius Norman auf ihn angesetzt hat? Nein, das kann nicht sein. Ihr Mann und ein Mörder. „Reiß dich zusammen", ermahnte sie sich selbst. „Du spinnst dir da was zusammen."

Sie trat auf die Terrasse und genoss die Sonnenstrahlen auf ihrer Haut. Ihr Blick fiel auf das Nachbarhaus. Wie es Ellen wohl geht? Sie entschied sich, ihrer Nachbarin einen Besuch im Krankenhaus abzustatten. Und sie wird laufen. Ein Spaziergang wird ihr guttun. Sie schnappte sich die Handtasche und verließ das Haus. Auf dem Weg kehrte sie bei einem Floristen ein und kaufte einen großen Blumenstrauß für Ellen. Darüber wird sie sich freuen. Rosen hat sie doch so gerne. Ob ich sie einweihen sollte? Nein, sie muss sich nach ihrem Herzinfarkt erholen. Vielleicht holen wir sie zu uns, damit sie sich richtig erholen kann. Ja, das ist eine gute Idee. Emma wird sich auch darüber freuen. Ein Auto nach dem anderen reihte sich auf dem Parkplatz. Besuchszeit, dachte Daniela. Ellen wird sich freuen, wenn sie auch Besuch bekommt. Sonst hat sie ja keinen mehr. Ihr Sohn kann sie ja schlecht besuchen. Langsam steuerte sie auf den Eingang zu. Ihr Herz begann wild in ihrer Brust zu schlagen. Ein merkwürdiges Gefühl beschlich sie. Irgendetwas ist passiert. Ihre Knie wurden weich. Ein kleines Mädchen mit rotblonden Haaren lief lachend an ihr vorbei. Emma! Daniela drehte sich um. „Emma", rief sie. „Warte. Wo willst du hin?" Das Mädchen blickte sie fragend an. „Oh, entschuldige", sagte Daniela. „Ich habe dich verwechselt." Tränen stiegen ihr in die Augen. Das Mädchen rannte weiter. Daniela blickte ihr noch lange nach. Sie sah ihr so ähnlich, dachte sie traurig. Sie seufzte. Schweren Herzens ging sie zum Haupteingang. Sie blickte die Fassade hinauf. In welchem Zimmer liegst du? Ein kalter Schauer lief ihr über den Rücken. Etwas stimmt nicht! Sie stellte sich in den Raucherbereich und holte eine Schachtel Zigaretten hervor. Sie zündete sich eine an. Ob ich wieder nach Hause gehe? Aber sie möchte Ellen so gerne sehen. Was mache ich nur? Sie zog nervös an der Zigarette. Sei kein Feigling, schallte sie sich selber. Ellen braucht dich jetzt. Und du brauchst Ellen. Gott, wie sie Krankenhäuser hasst. Ihre Großeltern sind in einem gestorben. Nein, ich gehe da nicht rein. Sie drückte ihre Zigarette aus und wandte sich zum Gehen. Sie sah den Strauß Rosen an. Der wird sich auch gut in einer Vase im Wohnzimmer machen. Tut mir leid Ellen. Sie ging langsam über den Parkplatz. In der Mitte blieb sie stehen und drehte sich um. Ach, was soll's? Sie ging zurück zum Haupteingang und atmete tief durch. Abrupt blieb sie stehen. Was ist ... wenn ... sie tot ist? Dann habe ich gar keinen mehr.

32. Kapitel

Daniela fuhr mit dem Fahrstuhl in die dritte Etage. Das grelle Licht spiegelte sich auf dem Linoleumboden und die Schuhe quietschten bei jedem Schritt. Sie blieb abrupt stehen. Was mache ich hier überhaupt? Es war keine gute Idee, hierher zu kommen. Eigentlich habe ich dafür keine Zeit. Ich habe nur noch eineinhalb Tage, um meine Tochter zu retten. Sie drehte sich um und steuerte eiligen Schrittes den Lift an. Als sich die Türen öffneten, starrte sie einer Schwester in die Augen. „Wollen sie mit?", fragte sie höflich. Daniela schüttelte den Kopf. „Nein, danke." Die Türen schlossen sich. Daniela seufzte. Was ist bloß los mit mir? Ellen braucht mich jetzt. Genauso wie Emma. Verdammt. Ich kann mich nicht zerreißen. Tränen traten ihr in die Augen. Sie suchte das Patienten-WC auf und schloss die Tür hinter sich ab. Sie sah in den Spiegel.

Das Bild ihrer Großeltern kam ihr in den Kopf. Wie beide vor ihr in ihren Betten lagen. Tot. Kein Leben mehr in den Körpern. Nur noch leere Hüllen. Nach einem Autounfall lagen beide im Koma und die Ärzte machten keine Hoffnung mehr, dass sie nochmal aufwachen. Daher entschied die Familie sich, die Geräte abschalten zu lassen. Dem Arzt, der die Geräte dann abstellte, quietschten auch die Schuhe. Und dieser Geruch im Krankenzimmer. Daniela lief es kalt den Rücken herunter. Nein, ich muss hier raus. Ich schaffe das nicht. Wenn Ellen jetzt auch ... Gott, daran darf ich gar nicht denken. Sie seufzte tief. Wie komme ich aus dieser Situation jetzt am besten raus? Du hast es bis hierher geschafft, jetzt schaffst du auch den letzten Schritt, ermutigte sie sich selber. Ellen liegt schließlich nicht auf Intensivstation wie ihre Großeltern damals. Und damals war ich auch erst acht Jahre alt. Jetzt bin ich erwachsen und kann damit besser umgehen.

Sie holte tief Luft. Sie spritzte sich kaltes Wasser ins Gesicht. „Ich schaff das", sagte sie entschlossen. „Ich muss ja nicht lange bleiben. Nur hallo Sagen und dann gehe ich wieder." Ja, das ist gut. Schnell verschwinden, bevor Ellen Fragen stellen kann. Ich möchte sie nicht belasten. Das würde ihr nicht guttun. Ich könnte auch so tun, als wäre alles in Ordnung und Emma sei wieder da.

Sie schloss die Tür auf und ging entschlossenen Schrittes auf die Station. In welchem Zimmer liegt sie jetzt? Das hatte ihr die Dame am Empfang nicht gesagt.

„Kann ich ihnen helfen?", fragte eine Schwester mit freundlicher Stimme. „Suchen sie jemanden bestimmten?" Sie blickte auf den Strauß in Danielas Hand. „Der ist aber hübsch", sagte sie lächelnd. „Vasen sind dann den Flur runter." Daniela sah in die Richtung, die ihr die Schwester wies. Sie wandte sich wieder zum gehen. Daniela hielt sie am Arm fest.

„Ich suche Frau Ellen Liebenacher. In welchem Zimmer liegt sie denn?" Warum guckt sie so traurig? Es wird doch wohl nichts passiert sein?

„Sind sie eine Familienangehörige?", fragte die Schwester leise. „Oder eine entfernte Verwandte? Wir haben heute schon den ganzen Tag versucht, jemanden ausfindig zu machen." Sie seufzte tief. „Das ist alles so traurig." Sie sah Daniela an. „Folgen sie mir bitte." Daniela folgte ihr ins Schwesternzimmer. Sie setzte sich langsam auf einen Stuhl. Ihre Knie wurden weich; das Herz schlug ihr bis zum Hals. Sie schluckte schwer. Daniela lief es kalt den Rücken herunter. Ist Ellen etwa ...? Nein, das darf nicht sein. Die Schwester setzte sich in den Bürostuhl und beugte sich vor. Warum sagt sie nichts? Daniela sah sie besorgt an. „Ich bin eine Nachbarin. Familie hat sie nicht. Ihre Tochter ist vor 25 Jahren verstorben und ihr Sohn ist in Haft", klärte sie die Schwester auf.

„Deswegen konnten wir keinen ausfindig machen." Die Schwester nahm den Hörer ab und sprach mit dem zuständigen Arzt. „Herr Doktor Maywald wird gleich zu ihnen kommen." Sie stand auf und wandte sich den Medikamenten zu. „Sie können gerne hier warten." Sie verließ das Zimmer. Daniela legte den Strauß auf den Tisch. Er sieht so hübsch aus mit dem knalligen Rot. Tränen traten in ihre Augen. Das darf doch alles nicht wahr sein. Wann wache ich aus diesem Albtraum nur auf? Sie blickte aus dem Fenster. Wäre ich bloß nicht hierher gekommen. Sie schluchzte.

Der Arzt kam und reichte ihr die Hand. „Guten Tag", begrüßte er sie, „ich bin Dr. Maywald. Sie sind Frau ...?"

„Huthman", antwortete Daniela. „Ich bin die Nachbarin von Frau Liebenacher." Sie sah den Arzt fragend an. „Ist was passiert? Wo ist sie?" Der Stuhl kippte um, als sie aufsprang.

„Tut mir sehr leid, Frau Huthman. Frau Liebenacher ist heute Morgen friedlich eingeschlafen." Er sah Daniela bestürzt an. „Wir haben getan, was wir konnten." Der Arzt legte ihr eine Hand auf die Schulter. „Ihr Herz war schwach. Aber sie musste nicht leiden." Was für ein schwacher Trost.

„Kann ich sie sehen?", fragte Daniela mit tränenerstickter Stimme. Wie soll ich das Emma nur beibringen? Tränen liefen ihr über die Wangen. „Sie war eine so gute Freundin. Meine Tochter hat sie über alles geliebt, wissen sie?" Sie holte Luft. „Das ist alles meine Schuld." Der Arzt schüttelte den Kopf. „Das dürfen sie sich nicht einreden", sagte er. „Kommen sie. Ich bringe sie zu ihr."

Sie folgte dem Arzt in ein Zimmer. Ellen lag auf dem Bett und eine Kerze brannte auf dem Nachttisch. „Sie sieht so friedlich aus", sagte sie, als sie langsam ans Bett trat.

„Ich lasse sie mal alleine." Der Arzt verließ das Zimmer und zog die Tür leise zu.

Daniela legte den Strauß auf Ellens Bauch und streichelte ihr übers Gesicht. „Mach´s gut." Sie gab ihr einen Kuss auf die Stirn. „Danke für die schöne Zeit."

Geknickt verließ sie das Zimmer. Die Oberschwester kam ihr entgegen. „Alles in Ordnung?", fragte sie sanft und legte eine Hand auf Danielas Schulter. „Kann ich etwas für sie tun?" „Danke, nein", antwortete Daniela. „Geht schon. Vielen Dank für alles." Sie reichte der Oberschwester die Hand und verließ die Station. Im Fahrstuhl ließ sie ihren Tränen freien Lauf. Jetzt habe ich gar keinen mehr. Ellen ist tot, Norman dauernd auf Geschäftsreise. Oder ist mein Mann nicht mein Mann? Sie sah auf die Uhr. Halb sieben. Verdammt. Die Zeit rennt. Ich darf Emma nicht auch noch verlieren.

33. Kapitel

Daniela räumte an diesem Sonntagabend gerade die Spülmaschine aus, als sie hörte, wie ein Auto um die Ecke bog. Sie sah aus dem Fenster. Norman! Schnell rannte sie ins Wohnzimmer und verpackte die Fotos, den Ring und die schwarze Haarlocke in den Karton und suchte eilig nach einem Versteck. Es wieder auf den Dachboden zu bringen, schaffte sie nicht mehr. Das Auto fuhr schon auf den Hof und der Motor wurde abgestellt. Eine Tür klappte und Schritte kamen die Treppe zur Haustür hinauf. Eilig schmiss sie den Karton in den Wohnzimmerschrank und eilte zurück in die Küche, um ihre Arbeit fortzusetzen. Sie holte tief Luft, damit Norman nicht merkt, dass sie außer Atem war. „Hallo Schatz." Norman umarmte Daniela und gab ihr einen dicken Kuss. „Ich habe dich vermisst." Daniela drückte sich fest an ihn. „Ich dich auch", flüsterte sie. Sie schloss die Augen und sog den Duft seines After Shaves ein. „Lass mich nicht mehr alleine." Sie lächelte verschmitzt. „War die Reise ein Erfolg?"

„Die Verträge sind unterschrieben", rief er aus dem Flur, als er sich die Jacke auszog und sie an die Garderobe hang. „Gibt es was neues?" Er kam in die Küche und setzte sich an den Tresen.

Daniela sah ihn traurig an. „Ich war gestern im Krankenhaus bei Ellen." Ihre Augen füllten sich mit Tränen. „Sie ist tot." Sie vergrub ihr Gesicht in den Händen. „Das wird Emma das Herz brechen", schluchzte sie.

„Was?" Norman sah sie entsetzt an. „Das gibt es doch nicht."

Daniela nickte. „Doch, doch. Ich habe sie gesehen und mich verabschiedet. Sie sah so friedlich aus." Sie schluckte. „Jetzt ist sie mit ihrer Tochter wieder vereint." Sie putzte sich die Nase.

„Ach Schatz, komm mal her."

Daniela ging zu ihrem Mann und lehnte sich gegen ihn. Er legte sanft einen Arm um ihre Hüfte. „Tut mir leid, dass ich nicht da war."

„Ist schon in Ordnung. Arbeit geht vor." Sie lächelte gequält. Seufzend ging sie wieder an ihre Arbeit und Norman ging ins Wohnzimmer. Er setzte sich auf die Couch und schaltete den Fernseher ein.

„Möchtest du ein Bier, Schatz?", rief sie aus der Küche.

Als keine Antwort kam, öffnete sie den Kühlschrank, holte eine Flasche heraus und ging damit ins Wohnzimmer. Norman stand vor dem Wohnzimmerschrank und öffnete eine Tür. Wie erstarrt blieb sie im Türrahmen stehen. „Lass mich das machen. Du musst dich ausruhen." Sie eilte zu ihm und drückte ihre Hand an die Schranktür.

„Ich werde mir doch mal ein Glas nehmen können", lachte er. „So schwach bin ich noch nicht." Er zog die Tür auf. Mit einem Platscher fiel der Karton heraus und landete vor seinen Füßen. Der Ring kullerte heraus und die Fotos lagen verteilt auf dem Boden. Verwundert sah er Daniela an.

„Wie kommt der hier rein?", fragte er verdutzt.

„Was meinst du?"

„Bist du blind?" Er erhob seine Stimme. „Wie kommt der hier rein?" Sein Gesicht lief rot an, die Adern traten an seinem Hals hervor. „Erklär es mir."

Daniela ging zum Sofa und setzte sich. „Schrei mich nicht so an."

Er baute sich vor ihr auf. „Los, ich höre."

Tränen liefen ihr über die Wangen. „Ich weiß nicht, wie ich es dir erklären soll ...". Sie schluckte schwer. „Bist du wirklich noch mein Mann?"

Er verdrehte die Augen. „Natürlich. Was soll die Frage?"

Daniela sah ihren Mann durchdringlich an. Langsam stand sie auf und ging auf ihn zu. „Norman", flüsterte sie.

„Ja, das ist mein Name", antwortete er. „Was ist hier los?"

„Oder soll ich ...". Sie machte eine Pause, dann fuhr sie fort, „... Danny sagen?"

Seine Gesichtszüge entglitten. „Woher weißt du das?" Er schluckte und stieß sie weg.

Sie kniete sich vor das Sofa und holte ihr Schmuckkästchen hervor. Mit zitternden Händen öffnete sie es und holte die Kette heraus. „Das ist doch deine."

„Wo hast du die her?"

„*Pussycat.*" Sie sah ihren Mann mit großen Augen an. „Wie heißt du wirklich? Sag es mir."

„Norman." Er seufzte und setzte sich auf die Couch. „Danny war nur mein Deckname." Er vergrub sein Gesicht in den Händen und beugte sich vor. „Ich glaube, das jetzt nicht."

„Du hast Manuela getötet und bist durch das Fenster abgehauen." Ihre Stimme klang bedrohlich. So hatte er seine Frau noch nie erlebt. „Gestehe es doch." Sie stellte sich vor ihn hin.

„Ich kann nichts gestehen, was ich nicht getan habe." Er lehnte sich zurück und verschränkte die Arme vor der Brust. „So ein Arschloch." Er starrte an die gegenüberliegende Wand.

„Wer?"

„Kennst du nicht. Er nennt sich Darius."

Sie seufzte. „Doch kenne ich."

Norman sah sie fragend an. „Woher?" Jetzt verstand er gar nichts mehr.

Sie griff in ihr Kästchen und reichte ihm ein Foto. Er sah es an, dann Daniela. „Ich verstehe jetzt gar nichts mehr. Das ist doch Anni."

„Richtig. Anni war mein Deckname." Schweiß trat auf ihre Stirn.

„Du verarschst mich."

Sie schüttelte den Kopf. „Nein, das ist mein Ernst. Ich bin Anni."

Er beugte sich vor und fing an zu lachen. „So haben wir eine Vergangenheit."

Daniela sah ihren Mann ungläubig an. Wieso lacht er jetzt? Sie verstand die Welt nicht mehr. „Unsere Tochter ist in seiner

Gewalt. Verstehst du nicht?" Ihre Hände ballten sich zu Fäusten. „Ich habe Darius versprochen, ihm den Mörder zu bringen. Sonst ist Emma tot." Sie schluchzte.

„Und nun?", fragte er.

„Sag mir einfach, warum du Manuela getötet hast." Sie setzte sich auf das Sofa und sah Norman mahnend an. „Ich will nur wissen warum? Oder ist es deswegen?" Sie schmiss ihm den Zettel hin. Er las ihn und sah seine Frau geschockt an. „Wo hast du den her?"

„Aus Darius´Büro." Wut stieg in ihr hoch. „Warum, Norman? Warum?"

„Ich war es nicht!" Er stand auf und ging im Wohnzimmer auf und ab.

„Aber ich habe doch deine Kette ..."

„Natürlich hast du sie gefunden", unterbrach er sie. „Darius hat sie auch so platziert, dass du sie finden MUSSTEST!" Er setzte sich aufs Sofa und sah sie an. „Verstehst du denn nicht?"

Daniela schüttelte den Kopf. „Ich verstehe gar nichts mehr." Sie seufzte tief.

„Was war in dieser Nacht passiert?" Sie sah Norman fragend an.

Er seufzte und setzte sich wieder. „Das war so", fing er an, „er hatte mir meine Kette als Pfand abgenommen, als ich meine Schulden nicht bezahlen konnte. Das war der Abend, als ich mit einem blauen Auge aus seinem Büro kam."

Daniela nickte. „Ja, Sibylle hatte es mir erzählt." Es lief wie ein Film vor ihr ab.

„Sibylle." Er winkte ab. „Zu der später. An dem Abend als Manuela starb, wollte ich nochmal mit ihm reden ... wegen den Schulden. Ich kam ins *Pussycat* und fragte Sibylle, wo Darius sei. Sie sagte, dass er kurz nach oben gegangen sei und ich an der Bar warten solle. Ich bin trotzdem nach oben gegangen. Die Tür von Manuelas – eurem – Zimmer stand ein Spalt weit auf. Ich hörte einen Streit. Es ging wohl darum, dass sie aussteigen wollte und Darius damit nicht einverstanden war." Er legte eine Pause ein. „Ich habe nur Wortfetzen verstanden." Er überlegte. „Doch, sie wollte aussteigen und sagte ihm, dass er sie nicht mehr im Loch einsperren würde."

„Ja, sie wollte aufhören. An dem Abend wollte sie aus dem Fenster springen. Ich konnte sie noch rechtzeitig davon abhalten." Daniela strich durch ihre Haare und lehnte sich seufzend zurück. „Wenn sie gesprungen wäre ...". Sie schluckte. „Darf ich gar nicht drüber nachdenken." Sie schüttelte sich. Sie sah ihren Mann an.

„Scheiße", sagte Norman, dann erzählte er weiter, „ich lugte also hinein und sah, wie Darius ihr etwas um den Hals legte, als sie den Rücken zu ihm wandte. Er zog fest zu. Sie konnte noch nicht mal schreien. Dann legte er sie aufs Bett und öffnete das Fenster. Er holte meine Kette aus seiner Brusttasche und beugte sich heraus. Da hat er sie wohl an den Fenstersims gehangen. Dann stieg er auf die Feuertreppe, kletterte einmal nach unten und dann wieder rauf. Damit es so aussieht, dass der Täter über die Leiter entkommen sei."

„Und was hast du dann getan?"

„Ich schlich wieder nach unten und verließ hurtig das *Pussycat*. Sibylle sah nur verwundert hinter mir her." Er verschränkte seine Arme hinter dem Kopf. „Voller Panik rannte ich über den Hof. Ich hörte nur eine Stimme, die hinter mir herrief. Da dachte ich, scheiße, sein Plan ist aufgegangen. Ich muss hier schleunigst weg."

„Das war ich. Sibylle, die gute Seele, holte gerade Darius."

„Sibylle? Eine gute Seele?" Er sah seine Frau entgeistert an.

Daniela nickte. „Ja, man konnte mit ihr über alles reden. Sie war immer so verständnisvoll." Sie grinste. „Wir haben sie immer Mutti genannt. Sie war immer für uns da. Wir haben ihr alle vertraut." Sie seufzte.

„Falsche Schlange", zischte er. „Sibylle hängt doch mit drin."

„Wo drin?"

„Na ja, sie hat Darius immer gedeckt wenn ein Mädchen", er deutete mit den Fingern Anführungszeichen an, „spurlos verschwunden ist." Er beugte sich vor. „Ich habe sie beobachtet, als sie Manuela in den Keller brachten. Ins Loch." Er seufzte. „Wenn du wüsstest ..." Er brach ab. „Aber wahrscheinlich hast du es eh mitbekommen." Er sah sie durch die Augenwinkel an. „Oder etwa nicht?" Er drehte sich zu ihr. „Hast du nix mitbekommen? Das kann ich mir gar nicht vorstellen." Er schüttelte ungläubig den Kopf. „Kann man so blind sein?" Er sprang auf. „Unfassbar!" Seine Adern traten am Hals hervor. Das passiert immer, wenn er sich aufregt. Dann heißt es nur noch, in Deckung zu gehen.

„Wie meinst du das?" Sie riss ihre Augen weit auf.

„Du bist echt naiv." Er lachte. „Darius hat die Mädchen, die aussteigen wollten, im Keller eingesperrt und Sibylle hat ihnen Schlaftabletten eingeflößt, damit sie ruhig sind. Kam dir Manuela nicht verändert vor?" Er hob eine Augenbraue. „Ich meine, als sie nächsten Abend wieder da war? Du sagtest, dass sie springen wollte." Er schüttelte den

Kopf. „Verstehst du nicht?" Er sah seine Frau durchdringend an. „Siehst du nicht, was für ein perfides Spiel er treibt?" Er schnaufte. „Und Sibylle spielt die Fürsorgliche." Er setzte sich und vergrub sein Gesicht in den Händen. „Das darf nicht wahr sein." Er lehnte sich seufzend zurück und starrte an die Decke.

Daniela sah ihren Mann ungläubig an. „Meinst du etwa ...?" Sie wagte nicht, weiterzusprechen. „Und ich habe sie noch ermutigt. Ich hatte ihr gesagt, dass sie keine Angst vor ihm haben müsse." Sie unterdrückte mit aller Kraft ihre Tränen. „Ich bin mit schuldig." Sie schluchzte.

Norman legte eine Hand auf ihr Knie. „Nein, bist du nicht. Woher solltest du wissen, dass ein falsches Spiel getrieben wird?"

Sie schwiegen und sahen sich an. „Er hat unsere Tochter", flüsterte sie nach einer Weile.

„Woher weißt du das?"

„Ich habe mich mit ihm getroffen. Den Morgen, als ich nach Hause kam und ihr euch gewundert habt, wo ich herkomme. Da kam ich von ihm."

„Ich hatte es befürchtet", seufzte er.

„Was meinst du?"

„Was hat er zu dir gesagt?"

„Ich hätte 72 Stunden Zeit, ihm den Mörder zu bringen. Dann lässt er Emma frei, ansonsten wird er sie töten." Sie schluchzte.

Norman nickte und starrte auf den Boden. „Ok. Dann machen wir es."

„Bist du verrückt?", fauchte sie ihn an. „Ich liefer dich doch nicht aus."

„Musst du auch nicht. Wir werden was ganz anderes machen."

34. Kapitel

Emma tapste barfüßig durch das halbdunkle Loft. Vorsichtig drückte sie die Klinke der Brandschutztür hinunter. Mit einem Klacken sprang sie auf. Sie steckte ihren Kopf ins Treppenhaus. Als sie keinen erblickte, trat sie hinaus und rannte zum Lift. Die Türen öffneten sich und Darius stand vor ihr. Aus seinen Augen blitzte ihr Wut und Hass entgegen. Er packte sie fest an der Schulter. „Was machst du hier?", fragte er streng.

„Mir reicht's. Ich will zu Mama."

Darius lachte. „Träum weiter." Er nahm sie auf den Arm, trug sie ins Loft und schmiss die Tür zu. „Was fällt dir ein?", schrie er sie an, nachdem er sie auf die Ledercouch geworfen hatte. „Du kannst gehen, wenn ich es dir sage."

Emma liefen Tränen über die Wangen. Sie schluchzte. „Du bist gemein. Ich mag dich nicht mehr." Sie rannte in ihr Zimmer und schmiss die Tür zu.

Darius ging zu seinem Schreibtisch und öffnete die oberste Schublade. Er holte eine kleine Packung heraus und ging damit in die Küche. Mit einem Löffel zerdrückte er eine halbe Tablette. Er füllte ein Glas mit Wasser und tat das Pulver hinein. Nachdem er es umgerührt hatte, klopfte er an die Zimmertür und öffnete sie. Emma lag auf dem Bett, ihr Gesicht im Kopfkissen vergraben, und weinte. „Geh weg", schluchzte sie. „Ich will dich nicht sehen."

„Hey", sagte er sanft und setzte sich auf die Bettkante. „Du bist durcheinander. Hier trink das." Er reichte ihr das Glas.

„Was ist das?", fragte sie. Sie roch daran und verzog das Gesicht. „Das riecht komisch. Das trinke ich nicht."

„Doch wirst du."

„Nein." Emma spürte etwas Kaltes an ihrer Schläfe und hörte ein Klicken.

„Trink", befahl Darius ihr. „Oder ich verspreche dir, dass du deine Mama nie wiedersiehst. Hast du mich verstanden?" Seine Stimme klang tief und ernst.

Emma griff nach dem Glas und leerte es in einem Zug.

Darius steckte die Waffe wieder ein und lächelte sie an. „Braves Mädchen." Er streichelte ihr über den Kopf. „Und jetzt schlaf dich mal so richtig aus." Er deckte sie zu und verließ das Zimmer.

In dem Moment kam Frank aus dem Badezimmer. „Ist was?", fragte er, als Darius ihn verärgert ansah. „Was ist passiert?" Er ging zur Couch und setzte sich.

„Ja, es ist was passiert." Er holte tief Luft. „Emma wollte abhauen. Ich konnte sie gerade noch aufhalten."

Franks Mund stand weit offen. „Und nun?"

„Ich habe ihr eine halbe Schlaftablette gegeben. Sie schläft. Aber es wäre besser, wenn du heute hierbleiben und aufpassen würdest." Darius ging zur Tür. „Mach es dir gemütlich und genieße den Abend." Er öffnete die Brandschutztür. „Wenn etwas ist, rufst du an." Er verließ das Loft und ließ die Tür ins Schloss fallen.

Frank zündete sich eine Zigarette an, legte die Füße auf den Tisch und schaltete den Fernseher ein. Seine Waffe legte er neben sich. Für alle Fälle!

35. Kapitel

„Was hast du vor?", fragte Daniela.

Norman stand auf und ging zum Wohnzimmerfenster. Er schaute hinaus. Die Sonne ging langsam unter und färbte den Himmel rot. „Das ist die einzige Möglichkeit", sagte er, ohne sich umzudrehen. „Eine andere Wahl haben wir nicht." Er zog die Gardine zu und senkte den Kopf.

„Was?"

„Wir werden ihn umbringen." Er drehte sich zu seiner Frau um und sah sie mit versteinerter Miene an.

„Bitte?" Ihr Mund stand sperrangelweit offen. „Das ist doch nicht dein Ernst?"

Norman nickte. „Eine andere Möglichkeit haben wir nicht." Er setzte sich neben sie. „Denk dran. Morgen sind die 72 Stunden um."

„Ehrlich gesagt, heute Nacht." Daniela sah ihren Mann verzweifelt an. „Morgen früh könnte unsere Tochter tot sein." Sie seufzte tief. „Und das ist alles meine Schuld."

„Bis wann hast du Zeit?"

„Vier Uhr."

Norman schaute auf die Uhr. 22 Uhr. „Ok, lass uns gehen."

„Wohin?" Sie stand auf und folgte ihrem Mann in den Flur.

„Hör zu. Wir fahren jetzt ins *Pussycat*. Du sagst ihm meinen Namen. Er wird hocherfreut sein. Wenn du mit ihm auf die Straße kommst, werde ich ihm eins überziehen. Dann schleifen wir ihn ins Auto und werfen ihn in die Elbe. Fertig."

Daniela schüttelte den Kopf. „Nein, so funktioniert das nicht. Komm." Sie nahm seine Hand und führte ihn zum Sofa. „Setz dich. Wir müssen jetzt einen kühlen Kopf bewahren."

Er setzte sich und sah Daniela nach, als sie in die Küche ging. Wenig später kam sie mit Zettel und Stift wieder zurück. „Besser wäre es, wenn wir zu ihm ins Loft gehen." Sie zeichnete den Grundriss des Lofts. „Also", fing sie an, „ich verführe Frank und versuche ihm, die Knarre abzunehmen. Wenn mir das gelingt, werde ich dich – du versteckst dich im Treppenhaus – rufen und wir gehen ins Loft. Ich werde Darius erschießen und du holst Emma."

„Nein, nein." Norman schüttelte den Kopf. „Das Loft ist zwar eine gute Idee, aber bedenke, dass Darius morgen früh erst wieder dort ist."

Daniela seufzte. „Du hast Recht." Sie ließ den Stift sinken.

„Wir machen das anders. Ich fahre dich ins *Pussycat*. Du gehst zu ihm und nennst ihm meinen Namen. Lass ihn nicht zu Wort kommen. Sage ihm, dass du mich gegen Vormittag zu ihm bringst. So schinden wir Zeit."

„Meinst du, dass er darauf eingehen wird?" Sie sah ihn ungläubig an.

„Wird er. Er will ja schließlich nur den Namen, oder nicht? Wenn du ihm auch noch sagst, dass du mich zu ihm ins Loft bringen wirst, wird er darauf eingehen. Er muss mich ja nicht ausfindig machen." Er grinste und lehnte sich siegesgewiss zurück.

Daniela nickte. „Das könnte funktionieren." Sie gab ihrem Mann einen Kuss auf die Wange. „Wir schaffen das." Sie sah ihm tief in die Augen.

Er knallte mit der Hand auf seinen Oberschenkel. „Dann lass uns fahren."

36. Kapitel

Im *Pussycat* war nicht viel los. Das Publikum hielt sich in Grenzen, einige Mädels saßen gelangweilt am Tresen und die Musik schallte in einer angenehmen Lautstärke aus den Sprechern. Sibylle winkte freudig Daniela zu, als sie das Bordell betrat. „Schön, dich wiederzusehen, Anni." Sie drückte Daniela fest an sich. „Was kann ich für dich tun?" Die Bardame sah sie mit glänzenden Augen an. „Willst du zu Darius? Der ist hinten." Sie schob Daniela in die Richtung. „Lass uns nachher noch einen trinken und etwas quatschen, wenn du magst." Sie sah ihr nach und zündete sich eine Zigarette an. „Er wird es dir zeigen, du Schlampe!", murmelte sie vor sich hin. Sie grinste. „Du bist tot!" Am liebsten würde sie lauschen, aber so langsam füllte sich der

Laden. Sie drückte die Zigarette aus und drehte die Musik lauter. Ob ich schonmal eine Tablette fertig mache? Sie öffnete eine Schublade und holte eine Packung hervor. Sie knipste eine Tablette in ein Glas und füllte es mit Wasser. Einen Drink für das Loch, dachte sie und grinste.

Daniela klopfte zaghaft an die Tür. Nach einem „Herein", betrat sie das Büro. Darius saß an seinem Schreibtisch und hob den Kopf. „Wen haben wir denn da?", fragte er höhnisch. „Setz dich." Er wies ihr den alten, wackligen Stuhl vor dem Tisch zu. „Was führt dich hierher?"

„Ich will dir den Namen nennen." Daniela setzte sich und schlug ihre Beine übereinander. Sie starrte ihn an. Ihr Herz schlug ihr bis zum Hals.

Darius lehnte sich zurück und faltete die Hände. „Ich höre."

„Es ist Danny."

Er klatschte in die Hände. „Gute Arbeit", lachte er. „Wie bist du darauf gekommen?"

„Ich habe Beziehungen." Sie lächelte diabolisch. „Und ich werde ihn dir morgen Vormittag ins Loft bringen. Im Austausch bekomme ich Emma." Sie beugte sich vor. „Deal?" Sie streckte ihm die Hand entgegen. Was überlegt er noch? Sie sah ihn erwartungsvoll an. „Und?" Ihre Hand fing an zu zittern.

Er schlug ein. „Deal."

Daniela stand auf. „Dann bis nachher." Sie verließ das Büro, verabschiedete sich von Sibylle, die ihr verwundert nachsah und verließ das Bordell. Schnell rannte sie die Herbertstraße hinunter. Nachdem sie sich durch den Bretterzaun geschlängelt hatte, sprang sie zu ihrem Mann ins Auto. „Er ist drauf eingegangnen", sagte sie, während sie die Tür zuknallen ließ. Sie lächelte ihren Mann zufrieden an. „Habe ich nicht dran geglaubt." Sie fiel Norman um den Hals. „Wir kriegen Emma wieder." Sie schnallte sich an. „Fahr los", befahl sie ihm. „Wir haben noch einiges zu erledigen." Er ließ den Motor an und brauste los. An einer roten

Ampel sah er seine Frau an. „Was ist los?",
fragte Daniela. „Ist was nicht in Ordnung?"
Der Blick machte ihr Angst. „Warum sagst
du nichts?" Die Ampel sprang auf Grün.

„Was ...", begann Norman, als er um die
Ecke bog, „was wenn Emma schon tot ist?"

37. Kapitel

„Ich komme da nicht drüber weg." Daniela stand hinter ihrem Mann, der die Haustür aufschloss. Sie schüttelte den Kopf. Die ganze Fahrt hatte sie geschwiegen, aber nun platzte es aus ihr heraus.

„Worüber kommst du nicht weg?" Er drehte sich um und sah seine Frau fragend an.

„Das Emma eventuell schon ...". Sie brach ab. „Wie kommst du nur darauf?"

„Du weißt doch, wie Darius tickt. Und dann gibt es noch Sibylle!"

„Denkst du wirklich, die hängt da mit drin?" Sie ging in die Küche und setzte einen Kaffee auf. Sie rieb ihr Gesicht. „Ich kriege gerade einen toten Punkt." Sie gähnte herzhaft.

„Lass uns ein wenig hinlegen." Norman schaute auf die Küchenuhr. „Wir können noch drei Stunden schlafen." Er nahm seine Frau auf den Arm und ging mit ihr ins obere Stockwerk.

Als sie sich auf das Bett gelegt hatte, fielen ihr auch schon die Augen zu. Norman stellte seinen Wecker und kuschelte sich an seine Frau. Es dauerte nicht lange, da fielen ihm auch die Augen zu.

Daniela schlief sehr unruhig. Sie träumte von Emma, wie sie gefesselt und geknebelt in einem dunklen Kellerloch saß. Kein Licht, kein Fenster. Ein muffiger Geruch stieg in Danielas Nase. „Nein", murmelte sie. „Nein. Tut das meiner Tochter nicht an." Darius und Frank gingen auf Emma zu. Frank schwenkte einen Baseballschläger. Darius nickte ihm zu und Frank holte weit aus. Emma schrie, als Frank sie am Kopf traf. Blut lief aus der Wunde. „Nein, hört auf", schrie Daniela. „Lasst meine Tochter in Ruhe!"

Schreiend und schweißgebadet schreckte Daniela hoch. Sie vergrub ihr Gesicht in den

Händen. Norman schnarchte friedlich neben ihr. Wie kann er so ruhig schlafen? Leise stand sie auf und tapste in die Küche. Sie zündete sich eine Zigarette an und lehnte sich an die Spüle.

„Wann hat das endlich ein Ende?", murmelte sie. Nervös zog sie an ihrer Zigarette. Oder treibt Norman auch ein falsches Spiel? Sie erschrak bei dem Gedanken. Das konnte sie ihm nicht zutrauen. Oder doch? War er wirklich in München? Schon merkwürdig, dass er kurz nach Emmas Verschwinden auf Geschäftsreise musste. Daniela seufzte. Sie drehte sich um und sah aus dem Fenster. Ihr Nachbar von gegenüber machte sich auf den Weg zur Arbeit. Fröhlich winkte er ihr zu. Müde und ausgelaugt lächelte Daniela zurück. Wann kehrt unser normales Leben wieder zurück? Sie löschte die Glut und warf den Stummel in den Müll. Leise ging sie zurück ins Schlafzimmer und legte sich ins Bett. Die Arme hinter dem Kopf verschränkt, sah sie an die Decke.

„Emma", murmelte sie. „Wir sind bald da. Halte noch durch."

Sie atmete tief durch und schloss die Augen.

38. Kapitel

Der Wecker rasselte unaufhörlich. Norman streckte seinen Arm aus, tastete nach dem Krach und stellte ihn aus. Er drehte sich zu seiner Frau um. „Aufwachen", flüsterte er Daniela ins Ohr und gab ihr einen zärtlichen Kuss auf die Wange. „Es ist Zeit." Er streichelte ihr den Kopf.

Sie schlug die Augen auf und räkelte sich. „Was? Schon so spät?" Sie gähnte und streckte sich.

„Es ist ja schon zehn Uhr. In einer Stunde müssen wir bei Darius im Loft sein."

Daniela sprang aus dem Bett. Sie verschwand im Bad und Norman hörte, wie das Wasser in der Dusche prasselte. Langsam stand er auf und zog sich frische Sachen an. „Das muss reichen für heute", sagte er zu sich selbst.

Daniela kam aus dem Badezimmer und öffnete den großen Kleiderschrank. Sie legte einen Finger an ihr Kinn. „Was soll ich nur anziehen? Was meinst du, worauf Frank abfährt?" Sie holte ein schmalgeschnittenes, schwarzes Kleid aus dem Schrank und hielt es sich an. „Was meinst du?" Sie drehte sich vor dem Spiegel und sah ihren Mann fragend an. „Dazu noch ein bisschen Schmuck und das passende Make-up ... perfekt." Sie grinste.

Daniela zog sich an, legte auffälligen Schmuck an und schminkte sich, als ob sie ins *Pussycat* zum Arbeiten fahren würde. Gemeinsam stiegen sie die Treppe hinab und gönnten sich einen Kaffee in der Küche. Daniela kramte aus dem Schuhschrank ein Paar High Heels. Vor dem Garderobenspiegel bewunderte sie sich. „Gott", sagte sie, „da kommen Erinnerungen hoch." Sie wischte sich mit dem kleinen Finger einen Lippenstiftfleck weg. „Können wir?" Sie sah ihren Mann an, der mit verschränkten Armen im Türrahmen stand und sie anlächelte. „Was ist?" Daniela grinste. „Nicht gut?" Sie drehte sich langsam im Kreis. „Gehört alles dir, mein Schatz." Sie zwinkerte und ging langsam auf ihn zu. „Was ist?" Sie sah ihn fragend an. „Zweifel?" Sie streichelte ihm übers Gesicht. „Wir schaffen das schon." Sie lächelte ihn siegesgewiss an. „Vertrau mir. Unser Plan geht auf. Er hat doch schon angebissen." Sie drückte ihm einen Kuss auf die Wange und drehte sich um. Sie nahm ihre Handtasche und warf sie sich lässig über die Schulter. „Kommst du?" Daniela sah ihren Mann über die Schulter an. Dieser rührte sich nicht. Er stand wie versteinert im Flur und blickte seine Frau von oben bis unten an. Er leckte sich die Lippen. Daniela grinste ihn an. „Ein Königreich für deine Gedanken", scherzte sie. Sie stützte eine Hand in die Hüfte.

„Wow." Norman wusste nicht, was er sagen sollte. „Du siehst umwerfend aus." Er nahm Daniela in den Arm und küsste sie leidenschaftlich. Norman öffnete ihr die Haustür. Sie reichte ihm die Hand und er küsste sie. „Madame", sagte er mit einer tiefen Verbeugung. Lachend stieg sie die Treppe hinunter.

„Aufgeregt?", fragte er, als er den Motor anließ. Langsam fuhr er vom Hof.

„Nein." Sie schüttelte mit dem Kopf. „Ich freue mich, endlich Emma wieder zu haben. Hoffentlich geht es ihr gut."

Norman bog um die Ecke und fuhr auf die Stadtautobahn. Emma, Mama und Papa kommen. Brauchst keine Angst, mehr zu haben, dachte Daniela. Ihr Herz schlug wild in ihrer Brust.

39. Kapitel

Norman lenkte den Wagen auf den Hinterhof des alten Fabrikgebäudes, in dessen sich das Loft von Darius befand. Er parkte und stellte den Motor ab. Er sah seine Frau an. „Bereit?" Er öffnete die Fahrertür und stieg aus. Daniela seufzte und stieg ebenfalls aus. Sie sah nach oben. Hier hat alles angefangen, schoss es ihr durch den Kopf. Warum war ich damals so naiv? Reiß dich zusammen, schallt sie sich selber. Emma braucht dich jetzt. „Meine Süße, wir kommen." Norman drehte sich um und legte einen Finger an seine Lippen. Daniela verstand und nickte. Sie nahm seine Hand.

Sie betraten das Gebäude und riefen den Lift. Norman drückte auf die acht und Daniela auf die neun. Als der Fahrstuhl den achten Stock erreichte, öffneten sich die

Türen. Er gab seiner Frau einen Kuss und verließ die Kabine. Daniela nickte, während sich die Türen wieder schlossen. Bitte lieber Gott, stehe uns bei. Ihre Knie zitterten. Wenn alles schon vorbei wäre. Sie seufzte. Der Lift hielt abrupt. Ihr Herz überschlug sich in ihrer Brust. Die Zunge klebte am Gaumen. Sie schluckte schwer. Showtime!

Mit einem Klingeln öffnete sich der Lift im neunten Stock. Daniela zog ihr Kleid glatt und stieg aus. Frank sah sie durch seine Sonnenbrille von oben bis unten an. „Was willst du denn hier?", murrte er.

„Ich bin mit Darius verabredet", antwortete sie. Mit einem einladenden Hüftschwung schritt sie auf ihn zu. Sie strich langsam über seinen Hals. „Aber ich freue mich auch, dich wiederzusehen, Hase." Langsam schritt sie um ihn herum. „Du riechst so gut." Sie atmete tief den Duft seines After Shaves ein. „Der Duft macht mich schwach." Sie kraulte ihm den Nacken. „Da komme ich richtig auf unanständige Gedanken." Sie blies zaghaft in sein Ohr.

„Eigentlich habe ich mich nur für dich so hübsch gemacht." Sie strich langsam über seinen Hintern. „So stramm, Baby. Das gefällt mir." Sie kniff ihm in die Backen. Ihre Zungenspitze glitt langsam über seine Wange. „Ich wollte schon immer mit dir", hauchte sie.

Frank grinste. „Was soll das werden?", fragte er.

„Wir hatten noch nie so richtig Spaß, Hase. Und dabei war ich schon immer scharf auf dich." Sie knabberte an seinem Ohrläppchen.

„Lass das. Ich bekomme eine Gänsehaut." Er schüttelte sich.

„Das ist doch gut, oder nicht?", hauchte sie ihm ins Ohr. „Du bist so stark. Und deine Ausstrahlung." Sie stöhnte.

Frank drehte sich zu ihr um. Ehe er etwas sagen konnte, drückte Daniela ihm einen dicken Kuss auf seine Lippen.

Seine Hände wanderten zu ihrem Po. „Oh Anni." Er küsste ihren Hals.

Danielas Hände wanderten über seinen Rücken. Am Hosenbund fühlte sie etwas Hartes. Blitzschnell zog sie die Knarre und hielt sie ihm an den Kopf. „Jetzt mal Spaß beiseite", zischte sie und sah ihn scharf an.

Frank sah sie verdutzt an. „Was soll das hier?"

Wie ein Blitz raste Norman die Treppe hoch. Frank drehte sich um. Schnell traf ihm Norman mit der Faust im Gesicht. Franks Nase blutete und er torkelte nach hinten.

Daniela hielt ihm die Pistole entgegen. „Los jetzt. Öffne die Tür."

Frank öffnete die Lofttür und trat mit erhobenen Händen hinein. Daniela hielt ihm die Knarre in den Nacken. Norman schloss die Tür. Sie blickten sich um. „Wo ist Darius?", fragte Daniela streng. „Ruf ihn! Wir haben was zu klären."

„Ich bin hier." Darius stand in der Schlafzimmertür. „Was ist hier los?"

„Rück Emma raus", zischte Daniela. „Oder dein Kasper hier ist tot."

Darius klatschte in die Hände und lachte. „Anni, hast du eine Schauspielschule besucht? Das ist ja filmreif."

„Los, rück sie raus." Norman trat einen Schritt vor und sah ihn hasserfüllt an.

„Ach, Danny. Du auch hier?" Darius ging auf ihn zu. „Dann haben wir ja alle beisammen." Er sah in den hinteren Teil des Lofts. „Emma", rief er. „Mama und Papa sind hier."

Emma lief mit weit geöffneten Armen auf sie zu. „Mama ... Papa", rief sie freudig. „Endlich seit ihr da."

Norman hob seine Tochter hoch und drehte sich im Kreis. „Lass uns nach Hause gehen. Ja?" Er gab Emma einen dicken Schmatzer auf die Wange.

„Ja", hauchte sie und lächelte ihren Vater an. „Mama." Sie streckte Daniela einen Arm entgegen. „Ich habe euch vermisst." Sie sah ihre Mutter mit ihren Knopfaugen an. „Das ist ganz schrecklich hier. Darius war richtig gemein." Nach einer Pause fuhr sie fort: „Ich will nach Hause."

„Ach Schatz." Danielas Augen füllten sich mit Tränen. Sie griff nach ihrer Hand und hielt sie sich an die Wange. „Jetzt sind wir ja da."

Frank drehte sich blitzschnell um. Ehe Daniela sich versah, stand der Assistent vor ihnen und streckte ihnen die Pistole entgegen. „Setzen", forderte er sie streng auf. „Wird´s bald?" Er fuchtelte mit der Pistole vor deren Gesichtern. „Ich kann auch andere Seiten aufziehen." Er entsicherte die Waffe. „Wer möchte zuerst?" Er grinste die Drei an.

Daniela, Norman und Emma setzten sich auf die weiße Ledercouch. Verdutzt sahen sie sich an. „Lasst uns gehen." Norman sah Darius an. „Das bringt doch alles nichts." Er sah Darius flehend an. „Wenn du uns gehen lässt, verspreche ich dir, auch keine Polizei einzuschalten." Schweiß trat ihm auf die Stirn. Seine Hände wurden feucht.

Der Zuhälter beugte sich zu Norman und sah ihm wütend ins Gesicht. „Glaubst du etwa, ich lasse euch gehen?", schnaufte er. Er fletschte die Zähne. „Ihr bleibt schön hier.

Wir haben noch eine Rechnung offen ... Danny."

„Du hast Manuela umgebracht und es Norman in die Schuhe geschoben", schrie Daniela Darius an. Sie stand auf. „Lass uns gehen. Ihr habt keine Rechnung offen." Sie sah Darius wütend an. „Du bist ein Mörder!" Ihre Hände ballten sich zu Fäusten. „Und Frank hat dich schön gedeckt. So wie er es immer getan hat."

„Setzen", brüllte Darius Daniela an. „Wer hat dir gesagt, dass ich Manuela umgebracht habe?" Er sah sie hasserfüllt an. Obwohl seine Augen hinter der Sonnenbrille versteckt waren, konnte sie es fühlen. „War er das?" Er zeigte auf Norman. „Hat er dir diesen Floh ins Ohr gesetzt?" Er fletschte seine Zähne. „Und du glaubst ihm auch noch?" Er lachte. „Liebe macht tatsächlich blind."

Daniela ließ sich langsam auf die Couch sinken und nickte. „Er hat dich beobachtet", sagte sie leise.

„Und das glaubst du ihm?" Darius goldener Eckzahn kam zum Vorschein, als er grinste. „Vergiss nicht. Er ist ein Junkie."

„Ich bin seit zwanzig Jahren clean", warf Norman ein.

„Ruhe", brüllte Darius. „Mit dir hat keiner geredet. Ich unterhalte mich gerade mit deiner Nutte." Er beugte sich vor.

Emma blickte fragend Daniela und Norman an. „Was ist hier los?", fragte sie ihre Mutter.

Daniela sah ihre Tochter an. „Ist schon in Ordnung. Wir klären das hier."

Darius hockte sich vor Emma hin. „Ja, deine Mutter war früher eine Nutte und dein Vater ein Junkie."

Emma sah Darius geschockt an. „Du lügst. So wie immer." Sie stand auf und stemmte ihre Hände in die Hüften.

„Setz dich", fauchte er sie an.

„Nein." Emma trampelte auf den Boden. „Du kannst mir nichts mehr befehlen."

Ein Schuss hallte durch den Raum. Daniela warf sich auf ihre Tochter. „Emma", rief sie.

Norman sah Frank wütend an. „Spinnst du?" Er hielt eine Hand an sein Ohr. „Der ist knapp an mir vorbei ...". Er brach ab.

„Hinsetzen", befahl Darius. Er drehte sich zu Frank und gab ihm ein Zeichen. Dieser nickte und verschwand in einem Zimmer. „Dann werden wir mal andere Seiten aufziehen." Er grinste diabolisch. „Ihr wollt es ja nicht anders." Er ging zu seinem Schreibtisch und setzte sich.

Kurze Zeit später kam Frank mit Kabelbindern wieder. Mit flinken Fingern fesselte er Daniela, dann Norman und zum Schluss Emma. Mit vorgehaltener Waffe standen die drei auf. Frank wies ihnen den Weg mit der Pistole und die kleine Familie trottete voran. Frank schubste sie in einen fensterlosen Raum und verschloss die Tür. Er übergab Darius den Schlüssel. Dieser lachte. „Wenn die denken, die hätten gewonnen, dann haben sie sich geschnitten."

Er legte den Schlüssel in die obere Schublade. Mit einem Siegerlächeln verschränkte er die Arme hinter seinem Kopf. „Was stelle ich jetzt mit euch an?", murmelte er. „Ich glaube, ich bringe einen nach dem anderen um." Er rieb sich die Hände. „Das wird ein Spaß. Und keiner wird euch vermissen." Er drehte sich um und blickte aus dem Fenster. Die Sonne tauchte das Loft in ein warmes Licht. Er stand auf und ging ans Fenster. „Und mit dir fange ich an ... Danny!"

40. Kapitel

Völlige Dunkelheit umgab sie. Nicht einmal durch das Schlüsselloch fiel etwas Licht hinein. „Wo sind wir hier?", fragte Daniela so leise, dass ihre Stimme kaum wahrnehmbar war. „Ich seh nichts." Sie kniff ihre Augen zusammen. „Was ist das für ein Raum hier?"

„Ich weiß es nicht", antwortete Norman. „Es scheint nicht einmal Licht hier zu geben."

Daniela drehte sich im Kreis. „Emma, wo steckst du?"

„Ich bin hier Mama."

Daniela spürte die kleine, zarte Hand ihrer Tochter an ihrem Bein. Sie atmete auf. „Gott sei Dank. Geht es dir gut, Schätzchen?"

„Ja, Mama." Emmas Stimme klang genervt. Vorsichtig schlich sie im Raum herum. Sie sah die Umrisse eines Schalters. „Ich seh hier was." Sie betätigte ihn mit ihrer Nase.

Ein Lichtschein erhellte den Raum. Daniela und Norman sahen ihre Tochter an. „Sehr gut gemacht", lobte Norman Emma. Er sah sich um. „Wir sind in der Besenkammer", stellte er fest.

Daniela sah sich um und nickte. „Ja."

Emma setzte sich auf den Boden. Ihre Arme taten weh und sie verzog das Gesicht.

„Was ist los, Schatz?", fragte Daniela besorgt.

„Meine Arme tun mir weh", schluchzte Emma. „Ich will nach Hause."

Ungelenk setzte sich Daniela neben ihre Tochter und sah ihren Mann an, der immer noch die Regale inspizierte. „Komm mal bitte her, Schatz", forderte sie ihn auf. „Ich habe eine Idee." Norman sah seine Frau fragend an. Langsam ging er auf sie zu.

„Was ist?" Er stellte sich vor ihr hin.

„Die denken, die wären schlau. Wir sind schlauer. Umdrehen", forderte sie ihren

Mann auf. Norman drehte ihr den Rücken zu. Kurz darauf begann Daniela an dem Kabelbinder zu knabbern. „Gute Idee", lobte er. „Mach weiter. Hör nicht auf." Er spürte, wie der Druck um seine Handgelenke nachließ. „Du schaffst es."

Frustriert gab sie einige Minuten später auf. „Das funktioniert nicht." Sie lehnte sich an die Wand. „Verdammt." Sie seufzte.

Norman ging die Regale langsam ab. Hinter einer großen Flasche blitzte etwas hervor. „Hier ist was." Mit dem Kopf schob er die Flasche zur Seite.

Daniela erhob sich und eilte zu ihm hin. „Was ist da?" Sie blickte ins Regal. „Ein Teppichmesser", flüsterte sie. „Damit müsste es funktionieren." Sie griff mit dem Mund danach. Vorsichtig zog sie es aus dem Regal. Mit der Klinge nach vorn gerichtet, kniete sie sich auf den Boden.

Norman drehte ihr den Rücken zu. „Nicht fallen lassen."

Sie hielt es mit den Zähnen so fest, wie sie konnte. Behutsam führte sie die Klinge in einen kleinen Freiraum und Norman bewegte seine gefesselten Hände vor und zurück. „Ja, so ist es gut."

Unter lautem Klappern fiel das Messer auf den Boden. Daniela verzog das Gesicht. „Autsch, meine Zähne." Sie sah ihren Mann traurig an. „Ein Versuch war es wert." Nach einer Pause fuhr sie fort: „Das gibt es doch gar nicht."

Es klopfte an die Tür. „Ruhe darin", brüllte eine Stimme. „Ich will nichts hören."

Emma zuckte erschrocken zusammen. Sie sah ihre Eltern an. „Er wird uns töten." Sie zitterte am ganzen Körper. „Ich will endlich nach Hause", schluchzte sie.

Daniela ließ sich auf den Boden sinken und setzte sich dicht neben ihre Tochter. „Ist schon gut, Mäuschen. Mama ist ja da." Sie lächelte.

Emma seufzte und blickte traurig auf den Boden.

Norman zog und zerrte an seinen Fesseln. Sein Kopf lief hochrot an; Adern traten an seinem Hals hervor. Er biss die

Zähne zusammen und prustete. „Gleich habe ich es."

Daniela beobachtete ihn aufmerksam. „Du schaffst es, Schatz. Gib nicht auf." Ihr Blick erhellte sich. „Mach weiter", feuerte sie ihn an.

Norman ließ einen kleinen Schrei los. Dann war es geschafft. Seine Arme waren frei. Er hob das Teppichmesser auf und half Emma auf die Beine. „Jetzt nicht bewegen, ok?" Er stand hinter seiner Tochter und schnitt den Kabelbinder auf. Emma rieb sich die Handgelenke. Dann befreite er seine Frau. Erleichtert fielen sie sich in die Arme. „Das hätten wir schonmal geschafft." Norman grinste. „Das war der erste Schritt."

„Wie kommen wir jetzt hier bloß raus?", fragte Emma und sah ihre Eltern an.

Norman schaute in die Regale. „Das müsste funktionieren", flüsterte er zu sich selbst. Er nahm eine Flasche Bleichmittel in die Hand.

Daniela trat hinter ihn. „Was hast du gesagt?" Sie sah ihn neugierig an und stützte ihr Kinn auf seine Schulter.

Er drehte seinen Kopf zur Seite und sah Daniela aus den Augenwinkeln an. „Vertraut ihr mir?" Er drehte sich um und gab seiner Frau einen Kuss auf die Wange.

Daniela lächelte. „Was für eine Frage. Was hast du vor?"

Norman sah Emma an, die eifrig nickte. „Sehr gut. Dann folgendes ...".

Sie steckten die Köpfe zusammen und Norman erklärte seinen Plan. „Dann mal los", forderte er die beiden auf, nachdem er geendet hatte. „Holen wir uns hier raus." Er öffnete die Flasche Bleichmittel und brachte sich in Stellung.

41. Kapitel

Darius saß an seinem Schreibtisch und arbeitete am Laptop, als er plötzlich Schreie aus der Besenkammer hörte. „Seid ruhig", schrie er. „Ich muss mich konzentrieren." Als die Schreie nicht nachließen, schlug er mit der Faust auf den Tisch. „Ich sagte doch Ruhe", schnaufte er.

Die Rufe verstummten. Na also, dachte er. Geht doch. Er wandte sich seiner Arbeit zu.

Darius zuckte zusammen, als etwas gegen die Tür flog. „Ruhe verdammt noch mal!", schrie er.

Es rummste heftig aus dem verschlossenen Raum. Das darf doch wohl nicht wahr sein. Er griff in die obere Schublade und zog einen Schlüssel sowie seine Waffe hervor und ging zur

Besenkammer. Er steckte den Schlüssel ins Schloss und entriegelte die Tür. Energisch drückte er die Klinke herunter. Die Pistole auf die Tür gerichtet, öffnete er diese. Ob er Frank zur Unterstützung rufen solle? Nein, ich schaff das schon. Er zog die Tür weiter auf.

In diesem Moment traf ihn ein Strahl Bleichmittel mitten im Gesicht. Die Waffe fiel zu Boden. Schreiend hielt Darius sich die Hände vors Gesicht. „Ihr Schweine!", brüllte er. „Frank!", rief er.

Norman drängte Darius zur Seite. Dieser fiel zu Boden und blieb mit schmerzverzerrtem Gesicht liegen. „Meine Augen", jammerte er. „Ich kann nichts mehr sehen!" Er wandte sich vor Schmerzen. „Frank ... verdammt noch mal ... komm her!"

Daniela hob die Pistole vom Boden auf und stellte sich breitbeinig über Darius. „Jetzt bist du nicht mehr so stark, was?", fragte sie belustigt. „Du hast es verdient, du Arsch!"

Emma trat langsam ins Loft. Verunsichert, was sie jetzt tun soll, versteckte sie sich hinter Daniela. „Mama", flehte sie. „Ich will nach Hause."

„Wir gehen jetzt", sagte Daniela ohne den Blick von Darius abzuwenden. „Komm." Sie gab den Verletzten noch einen Tritt und ging mit Emma zur Tür. „Verrecke du Arsch", fluchte sie.

Norman drückte die Klinke der Brandschutztür herunter. Frank stand mit gezückter Waffe vor ihnen. „Fallen lassen", forderte er Daniela auf. „Wird's bald?" Er entsicherte die Pistole. Ein Schuss hallte durch die Luft. Emma hielt sich vor Schreck die Ohren zu. Frank richtete die Pistole auf Norman. „Willst du Witwe werden?", fragte er und drückte ab.

Norman fiel zu Boden. Eine Blutlache breitete sich unter ihm aus. Emma hielt sich eine Hand vor den Mund.

„Schatz." Daniela beugte sich über ihren Mann. „Du Arsch", schrie sie Frank an. Sie richtete die Waffe auf ihn. „Fallen lassen, du Mistkerl", zischte sie. „Na los."

Frank grinste sie an. Emma trat einen Schritt vor. „Hast du meine Mama nicht gehört?" Sie stemmte ihre Arme in ihre Hüften.

Ehe sie sich versah, schnappte Frank sie und hielt ihr den Lauf an ihre Schläfe. „Gib auf, Anni." Er sah Daniela durchdringend an. „Oder willst du auch noch deine Tochter verlieren?"

Daniela ließ langsam die Waffe sinken. Tränen stiegen ihr in die Augen. Ohne den Blick von Frank abzuwenden, hob sie langsam die Arme. „Schon gut. Du hast gewonnen. Nimm mich und lass meine Tochter gehen."

„Braves Mädchen", lobte er sie. „Komm, wir gehen." Er ging rückwärts zur Tür und zog Emma mit sich.

„Mama", schrie sie. „Hilf mir!" Sie streckte die Arme Daniela entgegen.

Ein Schuss knallte durch den Raum. Daniela zuckte zusammen.

Langsam sackte Frank zu Boden. Blut floss aus seiner Stirn.

Emma riss sich los und rannte zu ihrer Mutter.

Daniela schaute verdutzt, wie Frank auf dem Boden liegen blieb. Eine Blutlache bildete sich unter ihm. Was war das?

„Das hast du dir verdient", sagte Norman mit letzter Kraft. Langsam ließ er die Waffe sinken.

„Schatz?" Daniela sah ihn verwundert an. „Ich dachte, du wärst ...". Tränen rannen ihr übers Gesicht. Sie schluchzte. Sie nahm ihn in die Arme.

„Du weißt doch, dass mich so leicht nichts umbringt." Er lächelte. „Mein Bein tut weh." Er verzog das Gesicht.

Daniela bemerkte, wie Blut aus Normans Bein trat. Sie drückte auf die Wunde.

„Mama, pass auf", schrie Emma panisch und wich einen Schritt zurück. Sie duckte sich hinter das Sofa.

Darius kam mit geröteten Augen langsam auf sie zu. In seiner Hand hielt er eine schwere Bronzefigur. Mit gefletschten Zähnen holte er zum Schlag aus. Er ließ die Figur nach unten sausen. „Sterbt", schrie er. „Ihr alle!"

Ein Schuss hallte an den Wänden wieder.

Die Figur fiel aus Darius´Hand krachend zu Boden. Blut trat aus seiner Stirn. Er fiel zu Boden und blieb auf dem Gesicht liegen. Blut strömte auf den Teppich.

„Noch jemand?", frage Norman und grinste schmerzverzerrt. „Ich bin gerade gut in Fahrt."

Daniela schüttelte den Kopf. „Nein, Schatz. Wir haben es geschafft." Sie gab ihrem Mann einen Schmatzer auf die Stirn.

Sie stand auf und verschwand im Badezimmer. Emma legte sich neben ihren Vater und sah ihn an. „Tut es weh, Papa?" Sie streichelte sein Gesicht. „Du bist sehr tapfer. Es wird alles wieder gut."

Daniela kam mit ein paar Handtüchern aus dem Badezimmer geeilt und drückte sie auf Normans Wunde. „Die Blutung müsste bald aufhören." Zu Emma gewandt sagte sie:

„Schatz, kannst du mir bitte mal das Handy vom Schreibtisch holen?" Sie nickte in die Richtung. „Schnell, Schatz."

Emma reichte ihr das Handy und Daniela wählte den Notruf. Sie wies ihre Tochter an, fest auf die Wunde zu drücken.

Daniela atmete auf. „Jetzt wird alles wieder gut." Sie sah ihre Tochter und Norman an. Sie lächelte. „Wir haben es geschafft." Sie strich ihrer Tochter durch die Haare.

Norman wurde mit der Trage in den Krankenwagen geschoben. „Möchten sie mitfahren?" Der Sanitäter stieg in den Wagen und sah Daniela fragend an. Als keine Antwort kam, schloss er die Tür. Mit Blaulicht und Martinshorn raste der Wagen vom Hof. Emma und Daniela sahen dem Wagen hinterher, als er um die Ecke bog. Daniela seufzte und drückte Emma fest an sich. Sie gab ihr zärtlich einen Kuss auf die Stirn. Emma blickte ihre Mutter an. „Es tut mir leid", flüsterte sie. „Ich wollte das alles nicht", schluchzte sie.

„Es ist nicht deine Schuld, Liebes. Wir haben es geschafft." Sie sah ihre Tochter an.

Emma nickte. „Ja, Mama. Fahren wir zu Papa ins Krankenhaus?" Sie lief zum Auto. „Komm schon."

Daniela folgte ihr langsam. Sie warf einen Blick nach oben. Mit einem schelmischen Lächeln hob sie den Mittelfinger. „Hier hat es angefangen und hier endet alles", sagte sie zu sich selber. Sie schloss das Auto auf und stieg ein. Emma krabbelte auf den Rücksitz und schnallte sich an. Sie wischte sich mit dem Handrücken die Tränen weg. „Bloß weg hier", sagte sie.

Daniela startete den Motor und brauste vom Hof. Sie sah ihre Tochter durch den Rückspiegel an. „Lieber Gott ich danke dir", murmelte sie so leise, dass Emma es nicht hören konnte.

42. Kapitel

Emma saß auf Danielas Schoß und nestelte an den Haaren ihrer Mutter. Sie blickte sie traurig an. Ihre Augen füllten sich mit Tränen. Sie schluchzte. „Wird Papa wieder gesund?", fragte sie leise. „Das ist alles meine Schuld."

Daniela seufzte. „Ganz bestimmt." Sie streichelte ihrer Tochter über die Wange und lächelte sie liebevoll an. „Papa wird wieder ganz der Alte. Außerdem ist es nicht deine Schuld. Das darfst du dir nicht einreden." Sie drückte ihre Tochter fest an sich.

Emma beobachtete aufmerksam die Geräte, an denen ihr Vater angeschlossen war. Sie sah ihre Mutter fragend an. „Was ist das?" Sie zeigte auf das für sie merkwürdige Gerät. „Das macht so ein komisches Geräusch." Sie stand auf und stellte sich vor das Beatmungsgerät. Aufmerksam beobachtete sie den Balg. Sie tippte mit dem Finger vorsichtig an das Glas. „Hilft das Papa beim Atmen?" Sie setzte sich wieder auf den Schoß ihrer Mutter. Sie seufzte und schüttelte traurig den Kopf. Sie sah aus dem Fenster. Hoffentlich wird er wieder gesund. Ich möchte nicht, dass Papa stirbt. Das würde ich mir nie verzeihen. Auch wenn Mama sagt, dass es nicht meine Schuld wäre.

„Ja, das tut es, Liebes." Sie sah Norman traurig an, der mit geschlossenen Augen in seinem Bett lag. „Bitte wach auf", flüsterte sie und nahm seine Hand.

Emma streichelte zärtlich seine Finger. „Papa, du musst aufwachen. Du hast genug geschlafen." Sie setzte sich auf sein Bett und streichelte ihm übers Gesicht. „Aufwachen", flüsterte sie in sein Ohr und gab ihm einen Kuss auf die Wange. „Du darfst uns nicht alleine lassen." Sie legte ihren Kopf auf seine Brust.

Die Tür wurde aufgeschoben und die Schwester trat mit einem Klemmbrett herein. Sie notierte die angezeigten Werte der Maschinen und verschwand, ohne ein Wort zu sagen. Daniela sah ihr hinterher. Langsam stand sie auf und ging zur Tür. „Ich bin gleich wieder da", flüsterte sie Emma zu und verließ das Zimmer. Sie schob die Tür zu und streckte sich. Hoffentlich wird alles wieder gut. Sie seufzte schwer. Was, wenn er ...? Nein, sowas darfst du nicht denken.

„Entschuldigen sie bitte", rief sie der Schwester hinterher, als sie den grünlich beleuchteten Flur betrat. „Darf ich sie etwas fragen?" Eiligen Schrittes ging sie auf die Schwester zu, die sie fragend ansah. „Wie geht es ihm?" Daniela verschränkte die Arme vor ihrer Brust. „Ich mache mir große Sorgen. Wird er es schaffen?" Sie unterdrückte ihre Tränen. Jetzt darf sie keine Schwäche zeigen. Ihr Herz pochte in ihrer Brust. Bleib stark, ermahnte sie sich selbst.

Die Intensivschwester lächelte sie tröstend an. „Ihm geht es gut. Er wird es schaffen." Sie drehte sich um und ließ Daniela alleine. „Gott, ich danke dir", sagte sie mit dem Blick zur Decke gewandt. Sie vergrub ihr Gesicht in den Händen und ließ ihren Tränen freien Lauf.

Nachdem sie sich ihre Tränen getrocknet hatte, ging sie langsam zurück. Sie schob die Tür auf und traute ihren Augen nicht. Norman sah sie mit müden Augen an. Sie hätte vor Freude schreien können.

„Du bist wach?", fragte sie freudig.

Er nickte schwach und schloss wieder die Augen.

„Nicht wieder schlafen." Emma tätschelte ihrem Vater das Gesicht. „Schön wach bleiben." Das war das schönste Geschenk. Papa wird wieder gesund. Hurra! Ich werde jetzt auch immer brav sein. Emma sah ihren Vater aufgeregt an. „Du wirst wieder ganz gesund", flüsterte sie. Sie fiel ihm freudig um den Hals. „Ich liebe dich."

„Hallo?", rief Daniela in den Flur. Sie stürmte den Gang entlang.

Ein Pfleger streckte seinen Kopf aus dem Schwesternzimmer. „Kann ich ihnen helfen?" Er kam auf sie zu.

„Herr Huthman ist aufgewacht." Sie stürmte in das Zimmer.

Der Pfleger rannte hinter Daniela her. Norman sah die beiden an, als sie ins Zimmer gestürmt kamen. „Da sind sie ja wieder." Der Pfleger klingelte nach dem Arzt. „Das ist ja schön."

Kurze Zeit später kam eine junge Frau mit kurzen braunen Haaren ins Zimmer. „Hallo Herr Huthman. Gut geschlafen?", fragte sie lächelnd. „Ich werde sie mal von dem Schlauch befreien."

Kaum hatte sie es ausgesprochen, hielt sie den Schlauch in ihren Händen. Norman hustete. Der Pfleger half ihm sich aufrecht hinzusetzen. „Das war es schon." Er streichelte Norman den Rücken. „Wird gleich besser." Norman schnappte nach Luft. „Schön ruhig atmen, Herr Huthman." Norman holte tief Luft und ließ sich auf das Kissen sinken. „Wunderbar. Geht es besser?"

Der Pfleger sah ihn mit glänzenden Augen an. Norman nickte stumm. „Er wird wieder ganz der Alte", sagte die Ärztin zu Daniela gewandt. „Gefahr besteht jetzt nicht mehr." Daniela ließ sich erleichtert in den Stuhl fallen. Gott sei Dank! Sie drückte Emma fest an sich.

Der Pfleger baute das Beatmungsgerät ab und schob es aus dem Zimmer. Die Ärztin fühlte seinen Puls und schaute auf das piepende Gerät. „Das sieht alles sehr gut aus. Morgen können sie auf die normale Station verlegt werden und – wenn nichts dazwischenkommt – sind sie in ein paar Tagen wieder bei ihrer Familie." Sie lächelte Emma an. „Freust du dich, dass dein Papa bald wieder zu Hause ist?" Emma nickte freudig. Sie grinste so breit, dass ihre Zahnlücke zum Vorschein kam. „Klaro", antwortete sie laut. „Wird auch Zeit."

Die Ärztin reichte Daniela die Hand und verließ das Zimmer. „Danke ihnen für alles", rief sie ihr hinterher. Die Ärztin drehte sich

um und lächelte Daniela an. „Sehr gerne."
Sie schob die Tür von außen zu.

„Tut mir leid", flüsterte Norman.

„Was tut dir leid?", fragte Daniela und
nahm seine Hand.

„Das ich schlapp gemacht habe." Er
starrte zur Decke.

„Du hast uns gerettet, Papa." Emma gab
ihm einen dicken Kuss auf die Wange. „Das
werde ich dir nie vergessen."

Norman grinste. „Ihr seid meine Familie.
Das ist meine heilige Pflicht."

„Jetzt werde erstmal gesund, hm?"
Daniela streichelte seine Hand. Sie stand
langsam auf und streckte sich.

„Wart ihr die ganze Zeit hier?", fragte er
leise.

„Was dachtest du denn?" Emma stützte
ihre Hände in die Hüften. „Wir lassen dich
doch nicht alleine."

Daniela grinste. „Deine Tochter hat
Recht." Sie gab ihm einen Kuss auf die Stirn.

Norman schluckte. „Ich liebe euch."

Daniela reichte ihm ein Glas Wasser. „Trink erstmal was", forderte sie ihn auf.

Er trank einen winzigen Schluck und legte seinen Kopf wieder zurück auf das weiche Kissen. „Danke." Er hustete und setzte sich auf.

Daniela stellte es wieder zurück und setzte sich zu ihm aufs Bett.

„Darf ich euch was fragen?" Er blickte seine kleine Familie an.

Emma sah ihre Mutter an.

„Natürlich", sagte Daniela. „Was soll diese Frage?" Sie sah ihn neugierig an. „Frag ruhig." Was kommt jetzt?

„Wie wäre es ...". Er hustete. „Wie wäre es", fuhr er anschließend fort, „wenn wir Hamburg verlassen und nochmal ganz von vorne anfangen?"

Daniela lächelte überrascht. „Und wo?" Sie sah ihn fragend an. Der Gedanke gefiel ihr. Noch einmal bei null anfangen. Die ganze Scheiße hinter sich lassen. Das wäre genau das Richtige. „Was schwebt dir da so vor?"

„München. Ich habe vor, dort eine Niederlassung aufzuziehen." Er schaute seine Tochter an. „Was hältst du davon? Dann muss ich euch nicht immer für ein paar Tage alleine lassen und wäre jeden Abend zu Hause."

„Wie kommst du darauf?", fragte Daniela. Sie sah ihn erstaunt an.

„Der Großauftrag. Der wird viel Zeit in Anspruch nehmen. Ich werde jede Woche in München und nur am Wochenende zu Hause sein. Da habe ich mir gedacht, warum nicht gleich dorthin ziehen?"

„Auja", rief Emma aus. „Dann komme ich in eine neue Schule."

„Ich habe mir auch schon ein Haus angeschaut. Es ist groß und Ellen hätte ihr eigenes Zimmer, wenn sie uns mal besuchen kommt."

Ellen, schoss es Daniela durch den Kopf. Ihre Augen füllten sich mit Tränen. Wie soll ich es euch beibringen?

„Was ist los?" Norman sah seine Frau an.

„Sie ist tot", schluchzte sie. „Als ich sie besuchen wollte, war sie gerade gestorben. Ich konnte mich von ihr noch verabschieden."

„Nein, du lügst", schrie Emma. „Das ist nicht wahr."

Daniela nickte traurig und nahm ihre Tochter in den Arm, die bitterlich weinte. Sie streichelte Emma über den Kopf. „Weine ruhig, mein Kleines." Sie gab ihr einen Kuss auf den Kopf.

Tränen rannen über Normans Wangen. „Ein Grund, mehr von hier wegzugehen. Unser Haus können wir verkaufen." Er sah Emma an. „Komm mal her." Er breitete seine Arme aus. „Tut mir leid, Sonnenschein." Er drückte sie fest an sich.

Emma ließ sich in seine muskulösen Arme fallen und schluchzte. „Das ist alles nicht fair."

„Tut mir leid, dass ich es euch so beibringen musste." Daniela sah aus dem Fenster. Regentropfen rannen über die

Scheibe. So wie das Wetter ist, genauso fühle ich mich, dachte sie. Sie seufzte tief.

„Ist schon in Ordnung, Schatz." Er wischte sich mit dem Handrücken die Tränen weg. „Dann ein kleineres Haus."

Daniela setzte sich aufrecht hin. „Lieber nicht." Sie lächelte verschmitzt. „Ein weiteres Zimmer können wir gut gebrauchen." Sie streichelte über ihren Bauch und sah Norman an, der sie verblüfft anstarrte. Sie nickte und grinste breit. „Ja, Schatz." Sie biss sich auf die Unterlippe. „Ich bin schwanger." Sie grinste breit.

„Dein Ernst?" Er sah seine Frau mit großen Augen an.

Emma sah mit einem fragenden Blick ihre Eltern an. „Bekomme ich ein Geschwisterchen?" Ihre Augen glänzten. „Dann bin ich die große Schwester. Juhu!" Sie sprang freudig im Zimmer umher. „Dann nimmt ja alles ein gutes Ende." Sie setzte sich auf Danielas Schoß. „Ich werde es füttern, wickeln und sonst noch alles." Sie sah ihre Mutter freudig an. „Da ist es drin?"

„Ja", flüsterte Daniela. „Fühl mal." Sie griff nach Emmas Hand und legte sie auf ihren Bauch. „Da warst du auch mal drinnen."

Emma sah ihre Mutter mit großen Augen an. Sie umarmte Daniela, die sie fest an sich drückte. „Ich habe dich lieb."

„Ich liebe euch." Norman griff nach den Händen seiner beiden Frauen. „Jetzt wird alles wieder gut." Er lächelte schwach.

„Wir lieben dich auch", entgegneten Daniela und Emma wie aus einem Munde. „Jetzt kann es nur noch besser werden", sagte Norman. „Wir schaffen das." Er hob seinen Daumen. „Ich bin stolz auf euch."

„Ende gut, alles gut", sagte Daniela. Sie gab ihm einen dicken Kuss.

Emma sah aus dem Fenster. Der Regen ließ langsam nach und die Sonne trat durch die dunklen Wolken. Ein Regenbogen spannte sich über den Himmel. „Schaut mal", rief sie aufgeregt. „Ellen schickt uns ein Zeichen. Sie freut sich auch." Sie schickte einen Kuss zum Himmel. „Ich habe dich lieb."